新潮文庫

あなたの後ろにいるだれか

眠れぬ夜の八つの物語

恩田陸　阿部智里
宇佐美まこと　彩藤アザミ
澤村伊智　清水朔
あさのあつこ　長江俊和

新潮社版

あなたの後ろにいるだれか

眠れぬ夜の八つの物語

球根

恩田陸

恩田陸　Onda Riku
1964（昭和39）年宮城県生れ。'92（平成４）年『六番目の小夜子』でデビュー。2007年『中庭の出来事』で山本賞、'17年『蜜蜂と遠雷』で直木賞受賞。主な著作に『ドミノ』『夜のピクニック』『ユージニア』『灰の劇場』などがある。

ようこそ、天啓学園へ。

本当に、よくぞいらっしゃいました。

ってまあ、正直、こんなところを見に来たあんたの正気をちょっとばかし疑ってるけどね。なんだってまた。うち、いわゆる世間一般的に見て、社会のお役に立ってるような学校じゃないからねえ。特殊っていうか。

え？　僕？　僕が誰かって？

そんなことどうでもいいじゃない。あんたはここを見たいだけなんでしょ。誰が案内しようが構わないでしょうが。

ふうん。気になるのね。

分かった。じゃあ、副会長ってことで。そう呼んでよ。

うん、天啓学園生徒会副会長。

知ってるでしょ。「副」と付いたらそれはなんでも屋だってこと。うん、手っ取り早く、僕に外から来たあんたの面倒な案内が押し付けられたってわけ。

　ああ、そんなに気にしなくてもいいよ。僕、意外に常識人だし、こう見えても人づきあい嫌いじゃないんだ。大丈夫、見た目より僕も楽しんでる。だから、あんたも楽しんでいってよ。それなりにね。

　ひとつ、忠告ね。これ、守ってもらわないと困るから。

　僕のあとをついてきて。必ず。分かる？　文字通りの意味だよ。僕が通ったあとを、きちんと歩いてきてね。道を外れたり、はみだしたりしないこと。分かってるよね？

　結構前のことになる。もう二年近くになるね。

　やっぱりあんたみたいにうちに取材に来た人がいてね。一応、受験雑誌の取材で、傾向と対策みたいな雑誌だった。うち、受験するのもいろいろハードル高いし、かなり受験生選ぶんだけど、この世の中の学校という学校は全部載せたい、みたいなコンプリート願望のある使命感に燃えた人でさ。その時も僕が案内したんだ。

　言ったよ、あの時も今みたいに。

　僕のあとをついてきて、必ず。文字通りの意味だよ。僕が通ったあとを、きちんと歩いてきてね。道を外れたり、はみだしたりしないこと。

　おんなじこと言ったんだよねー。そんな難しい忠告じゃないよね？　逆立ちして歩けとか、目をつぶって歩けとか言ったわけじゃないもん。

だけど、その人、僕の言ったこと、守らなかったんだよね。大人だから、一度言えばちゃんと守ってくれると思った僕が甘かったってことらしい。

写真を撮るのに夢中になってたっていうのもある。確かに珍しいものがいろいろあるから、撮りたくなる気持ちも分からないではないんだな。

あ、ついでに言うと、写真撮る時はその都度断ってほしい。撮影してほしくないものもあるんで。

ああ、仕事熱心なその人がどうなったかって？

あれさ。

え？　そう、あれ。

見える？　ウン、あそこの藤棚にぶらさがってる奴。まだ藤の花の時期は先だけど。

うん。うちの鷹匠クラブで飼ってるハゲタカが綺麗に食べたんで、もう白骨化してる。

あ、ちなみに普通の鷹っていうのは、死んだ肉は食べないんだって。中に、ハゲタカも飼育できるか試してる物好きな部員がいて、そいつはハゲタカ専門でやってるんだけど、やっぱ難しいらしい。でも、さすがはハゲタカ、見事に骨になったね。時々、生物部が骨の講義に使ってるみたいだ。

あ、身寄りのない人だったらしくてさ。研究と見せしめのためってことで許可は貰ってるから。ちゃんと消毒もしてあるし。

ああ、あの人ね、許可なく芝生に入ったんだよ。僕がせっかくアテンドして学園の説明してたのに、いつのまにか離れてて、あの柵に囲まれた芝生にちゃっかり。『芝生に入るな』って書いてあるの見えるでしょ？　そこに堂々と。しかも、ずんずん芝生の上を歩いていって、薬草園をぱしゃぱしゃ写真撮ってたんだ。

僕、やめろって言ったんだよ。そこの芝生は環境委員が管理してるし、薬草園は生物部の植物班が大事にしてるところだからって。危険な毒草もいっぱいあるよって。なのに、すっかり夢中になっててさ。聞いちゃいない。

それでも、僕、必死に手を振って呼び戻そうとしたんだよ。環境委員に見つかったら大変だから。

でも、見つかっちゃったんだよねー。ちょうど巡回してた環境委員に。うちの環境委員、すっごく怖いんだ。特に「芝生・命」の三年生が通りかかったのが運の尽きさ。怒り狂ってたもんなあ。僕、副会長権限で止めたんだけど、あまりの怒りっぷりに、手のつけようがなかった。

うん、ピアノ線でね。一息に絞め上げたもんだから、たぶん数秒で意識を失ったと思うよ。あれ、ピアノ線だったかな？　もしかすると違うかもしれない。テグスとかいうのかもしれない。なんでも、苔の保護とかするために、苔の上に格子状に渡しておいて、足を踏み入れられないようにするのに使う金属の糸らしいよ。いや、丈夫なんだね、ああいうのって。今は骨になってるから分からないけど、あの時、ほとんど首、取れかかってたもん。

困った大人だったけど、ああしてぶらさげておくと、見学者の皆さんの行儀が良くなるっていうんで、ずっとあそこに下げてある。いろいろ教訓が読み取れるよね。

時々、弓道部の連中が的にしてるんだけど、内緒にしといてね。ここだけの話だよ。

あ、そこの苔も気をつけてね。「苔・命」の二年生が来たら大変だよ。苔っていうのはものすごくデリケートで、いったん傷がつくと回復するのにえらく時間がかかるらしい。もし万が一、そこを踏んじゃったりしたら——おお、考えるだに恐ろしいね。

で、何が見たいんだっけ。これ、なんの取材?

ああ——生徒会長の噂を聞いたの。ふうん。どこで?

うん。それは本当。生徒会長はずっと一人。天啓学園の創立時からね。

そう。天啓学園の眠り姫、なんて名で呼ばれてるのも事実。

だって、ずーっと眠ってるんだもん。学園の奥の院にある神殿の中でね。ある意味、天啓学園は彼女のために造られたともいえる。

僕らは彼女のしもべ。こんこんと眠り続ける彼女に仕え、彼女が目覚める日をひたすら待つ。ほとんどの生徒は、その使命を果たすことなく、卒業していく。

僕らは——いや、天啓学園の生徒は——いや、天啓学園それ自体、いつの日か誰かが彼女を起こして、そいつが彼女から引き継いで次の生徒会長になる日を待ってるわけだ。

ここに入ってくる生徒たちは、そのためだけに入学してくる。たまに、転校してくるのもいる。世の中には奇特な生徒がけっこういるもんだよ。

あ、いっとくけど、普通の勉強もちゃんとやってるよ。さりげにうちの学校、偏差値は異常に高いんだ。そういう点でも入るの難しいんだよね。

でも、実のところを打ち明けると、希望して入ってくるというよりか、生徒会長を起こせそうな生徒を全国からスカウトしてくる、というほうが正しいかも。今日び、待っていてもなかなかそういう貴重な人材、やってこないからね。

噂によると、そういうのを捜す専門員がいるみたい。まるでどこかのレストランガイドの覆面調査員だね。

そうやって全国から集まってきた、素質のある生徒たちが、ひたすらいっしんに生徒会長の目覚めを祈願する。それが僕らの校是ってことさ。

なぜ？　って、言われてもねえ。

そういうもんだって思ってるからさ。すべてがそのために存在してるんだもん。もう生活の一部だし、疑問に思ったこともないな。

だけど、けっこう楽しいもんだよ。奥の院でこんこんと眠り続けてるお姫様がいるって考えるだけでもさ。わくわくするね。想像してみるとエロくない？

うん、噂によるとすっごい美少女らしい。

全然歳取(としと)らないらしいよ。どういう仕組みか知らないけど。コールド・スリープみたいなものなのかもしれないな。ただ、心配なのは、かなり長いこと眠ったたままだってんで、この先どこかで目覚めたら、浦島太郎みたいにいっぺんに歳取っちゃうんじゃないかってことだ。あんなに可愛(かわい)いのに、ミイラみたいになっちゃったらどうしよう。もったいないし、幻滅するよねえ。

え？

うん、実は、見たことある。チラッとだけどね。

横になっているんじゃなくて、立ってるんだ。両手を広げてね——彼女を拝むと、鳥居っていうのが人が手を広げてるところを模したんだってことがよく分かるよ。

とおせんぼをしてる拒絶のポーズなのか、歓迎して招き入れようとしているポーズなのか、それは見た時によって違うふうに感じる。彼女はいつも同じポーズ、同じ表情なのに、その時々の心理状態によって違って見えるっていうのは、面白いもんだね。

あ、校舎はあっち。奥の院を囲むように建ってるあの建物群がそう。

面白い配置でしょう。

奥の院が学園の中央にあって、周りを四角い水路がぐるりと囲んでいる。ちょっとした迷路みたいでしょ？　ほんとのところは一筆書きになってて、ゆっくり二時間かけて水路を巡るようになってるの。面白い眺めだよね。僕なんか、根が俗物だから、いつもこの水路を見てると、ラーメンのどんぶりの模様みたいだなあ、って思っちゃうんだよねー。

ああ、気がついた？

うん、水路の中を人が流れてるでしょ。

あれ、本番のための訓練なんだ。意識を集中させて、笹舟（ささぶね）に乗って、水路を流れていく。笹舟ったって、ほんとの笹じゃないよ。竹舟、というほうが正しいかな。小さな舟で、人ひとり乗るのがやっと。面白いもんで、雑念があると、人間の身体（からだ）って重たくなるんだね。無心で横たわってないと、舟が沈んじゃうんだ。いい訓練になるよ。

本番？　ああ、もうじきだよ。

もうすぐ開花の時期だからね。

夜通しの作業になるから、体力作りも大切だね。ずっと念を送り続けるのって、傍で見てるよりもずっと重労働なんだ。しかも、ずっと途切れずに意識を集中させているにはかなりの訓練がいる。意識がまだらになってると、そこから意識が漏れたり、不安定になって悪夢を見たり、つけこまれたりする。

毎日、授業で念を送る稽古（けいこ）するんだけど、入学したての子だと、なかなかうまくいかない。すぐに出来る子となかなか出来ない子がいて、人によって上達のスピードはさまざまだ。だから、念送りの授業は、学年別じゃなくて、習熟度別になってる。試験は実技試験だから、けっこう難しい。成績上位のクラスは年齢がばらばらなんだよねー。

実際、代表として眠り姫にアクセスできるのはたった一人。

いちばん力の強い子が生徒会長に「念送り」をするんだけど、これがまたリスキーでね。

どうやら、生徒会長はこんこんと眠ったまま夢をみてるらしいんだけど、夢の内容が悪かったり、虫のいどころが悪かったりすると、起こそうとした代表に八つ当たりするらしい。たまたまそんなところに当たっちゃったら、これまた悲劇だよ。精神が破綻しちゃった例がいくつかあるらしい。眠り姫の夢と抵抗は、かなり強力らしいんだ。

僕はありがたいことにまだ目撃したことはないけどさ。

ううん。うちの生徒の男女比は、ほぼ半々なんだ。

巫女さんのイメージがあるのか、女の子のほうが多いでしょうって言われるけど、そんなことはない。思春期の抑圧されたエネルギーは、男も女も一緒だよ。最近は、むしろ男の子のほうが抑圧されてるかもしれないね。

さあねえ。

誰がこんなこと考えついたのかは知らないけど。

そういうことになってる、としかいいようがない。

道端のお地蔵さんって、なんだか足を止めて手を合わせたくなるじゃない？

どうしてか、とか、どんな理屈で、なんて考えない。そういうのと同じじゃないかな。

納得できない？

じゃあ、こういう説明はどうだろう。

ポルターガイストってあるじゃない？　家鳴りがしたり、家具が揺れたり、石が降ってきたりって現象。騒がしい幽霊って意味だけど、あれって思春期の子供がいる家で起きるって説があるでしょ。

そのエネルギーを使おうって思いついたやつがいたわけさ。

しかも、日本中から、そういう鬱屈した思春期のルサンチマンを溜め込んだやつを集めちゃおうって思ったわけさ。いやはや、独創的というべきか、トンデモな発想というべきか。凄いのは、それを実行に移しちゃったところだよね。しかも、真面目にデータを取って、そういう思念の強い家系があちこちに存在することを突き止めて、そこからより思念の強いのを集めてこようと考えたってところが凄い。

てなわけで、それを実地でやるためにできたのが天啓学園ってわけ。ね？　なかなかユニークな学校でしょ。寝てる人を起こすためだけに学校作ったなんて、あとにも先にもうちだけだと思うよ。

おや、あきれてる様子だね。

そんなにおっきく口を開けてたら、ハゲタカがそこに巣を造るかもしれないよ。

まあ、お聞きなさいって。

天啓学園のユニークなところは、これから説明する部分にあるんだからさ。ほんとだよ。お楽しみはこれからさ。

はい、あれなんでしょう。

あれって、あれだよ。あのぐるぐる迷路みたいな水路のあいだに、びっしり植物が植えてあるでしょ。

うん、今ちょうど伸び盛り。もうすぐつぼみが膨らんで、一斉に花が咲くよ。あれ、なあんだ。

ショウブ？　アヤメ？

違うなあ。葉っぱの形見て分からない？　小学校で、水栽培とかやんなかった？

ううん、ヒヤシンスじゃなくて。

あれ、チューリップさ。

凄いだろう！　ウン十万本のチューリップなんだ。ちゃんと数数えたことないけどね。年々増えてることは確か。

実は、当学園で栽培してる植物で最も数が多いのは、芝生でも苔でもなくて、チューリップなんだ。

知ってた？　チューリップって、トルコが原産地なんだって。一説によると、トルコという国の名前自体がチューリップを指してるらしい。当然、国の花はチューリップだって話だ。

ものすごくたくさん種類があって、もちろん当学園でもさまざまな品種を生み出してきた。学園内のチューリップがぜんぶ咲いたら、こりゃまたたいへんなことになる。色彩の洪水、なんて陳腐な言葉じゃ言い表せないな。色彩の爆発、もどこかで聞いた言葉だし、色彩の暴発、とでも言いましょうか。色彩の花火、なんてのもいいかもしれない。そうなんだ。天啓学園の敷地のほとんどには、チューリップの球根が植えられているのさ。

想像してみると、凄くないか？

土の中にびっしりと並んでいる球根。まるで仁丹みたい。仁丹のケースの中に、銀色の仁丹がびっしり詰まってるところ、見たことある？　僕はある。おじいちゃんが、いつも仁丹持ち歩いてたからね。初めてあれを見た時はびっくりした。あれを初めて見て薬だと思う人間がどのくらいいるか？　ふつう、分からないよねえ。銀玉鉄砲の弾の小さいのかと思った。

球根。

不思議な物体だよね。

僕は、土の中に球根が埋まってるところを思い浮かべてると、奇妙な気分になってくるんだ。あのまん丸の球体からヒゲ根が伸びて、土の中から養分を吸収してるところを想像すると、もやもやしてくる。

あの中に、養分が溜め込んであるんだと思うと、エロくない？

開花のあとに花を取って、茎を取って、葉っぱだけになってくたっとなったところもエロい。

何度も花を咲かせ、土の中でどんどん分球して、密かにちっちゃな球根が増えていくのもエロい。

誰にも気付かれないよう、こっそり赤ん坊産んでるみたいじゃん？

適切に保存しておけば、何年も経ってからでも花を咲かせられるのもエロい。じっと待機していて、ここぞという時に花を咲かせるなんて、なんという深謀遠慮だろう。開花の時期をじっくり待ってるところを思い浮かべるとゾクゾクするね。

天啓学園の生徒は総出でチューリップの球根の世話をするんだけど、みんな球根に夢中。うっとりしながら年に一度の開花を待つ。

なんでチューリップかって？

さあね。単に花が可愛いからじゃないの？

もちろん、球根だってことも重要だ。

こういう、丸くてずっしりとした重みがあるものって、頭の中でイメージしやすい。念を集めやすい。集中しやすい。そういうことだったんじゃないかな。

僕らは、球根が栄養分を補い、開花の時の疲れを癒(いや)すのを手伝う。栄養と一緒に、球根は僕らの思念を溜め込んでいくのさ。

授業で思念を送る稽古をすると言ったろ？　対象はズバリこの球根だ。球根に、半年かけて僕らの思念を詰め込んでいくんだ。

眠り姫よ目覚めよ。

生徒会長よ目覚めよ。

そう祈りながら、僕らのエネルギーを充塡(じゅうてん)していく。

それって、結構すごい眺めだよ。

全国からやってきた、よりすぐりの「念送り」の使い手たちが、ひとつひとつ送りこんでいくわけだから。

僕らの思念とともに、球根はじわじわと栄養分を蓄えていく。球根は徐々に力に満ちていく。僕らの思春期のエネルギーが、球根を何か別のものに変えていく。

僕らは、その日に向けて、感覚を研ぎ澄ましていく。訓練していく。その日、球根たちと共に、彼女にすべてのエネルギーを繋(つな)ぐため。いわば、天啓学園という回路を通じて、彼女と「通じる」ために一年を過ごす――

その日、僕らは手をつなぎ、ひとつの回路となって、代表者にすべてを託す。彼女を起こしたい、彼女を引き継ぎたいと願う。

その日を夢見て、そこここで色彩を暴発させているチューリップと共に、僕らは、天啓学園は、ひとつになる――

ほらほら、その馬鹿にした顔、ちょっと勘弁してよね。

せっかく洗いざらい天啓学園の秘密を教えてあげたっていうのに、さっきよりも口開いてる。つーか、ひょっとして、マジかよこいつ、イカレてる、って表情なの？　それって。

あれえ、何怒ってるの？　僕、何かまずいこと言ったかしらん？

何それ。

この異常な学園の実態を白日の下にさらす？

天啓学園のこと？

当たり前だろ、との仰せですが、異常でしょうか、天啓学園。傷ついちゃうなあ。僕、結構愛校精神あるんですけど。

死体を晒してるなんて信じられない、との仰せですか。

あれね。

さっき通った、あの藤棚の死体のことね。

はい、かつてあんたの先輩だったあの死体ね。

うん？　何、今度はその驚いた顔。

ははあ、僕らが調べてないと思った？　あんたの身元を？

あの人と同じ職場にいたのね。あの人から仕事を教わったのね。恩義があったのね。

行方不明だったのね。最後に訪ねたのがウチだったのね。

はい、調べてましたよ。

うちの情報網、舐めたもんじゃないですよ。ほら、うち、覆面調査員がいるからさ。

なんで？　芝生に入ったのはあの人だよ。僕の説明もちゃんと聞いてなかったし、しかも約束守らなかったし。

天啓学園は、天啓学園だよ。ここに入ってくる者たちは、そうと知っている。みんなが同じ目的を持って暮らしている。学んでいる。修行を積んでいる。

なんであんたにそれを非難する権利がある？

あの死体のせい？

悪いのはだれ？

僕はあの死体のせいだと思うけどな。

分かりましたよ。記事を書くのは自由ですよ。僕はこう見えて寛大なんだ。

だけど——僕は寛大なんだけど、環境委員がねえ。

ほら、興奮しないで。

あんた、いつのまにか道をはみだして、そこの立派な苔を踏んでるよ。足、上げて。

あーあ、ばっちり足跡ついちゃった。

まずいな。「苔・命」の例の二年生が通りかかったよ。

コンチハ、見回りお疲れ様。

いつもありがとう。

え？　この人が苔を？　いや、僕はちゃんと説明したよ。

穴のはなし

阿部智里

阿部智里　Abe Chisato
1991（平成3）年群馬県生れ。2012年デビュー作『烏に単は似合わない』で松本清張賞を受賞。以降「八咫烏」シリーズとして多数の作品を刊行、人気を博す。他の著作に『発現』がある。

誰にも言わないで下さいね。

——なんて言ったって、こんな口約束に、意味なんかないって分かっています。私もこの話を聞かされた時、同じことを約束させられたんですからね。絶対に、他の誰にも話してはいけないって。そして出来るならば、話の内容も忘れてしまうのが一番良いって。

それでも結局、私は忘れることは出来ませんでしたし、こうして、皆さんに語ろうとしています。決して、約束を忘れたわけではないのです。でも、どうしてもこの気持ちを皆さんに知って欲しくて、話したくて、もう我慢ならないから、お話ししてしまいますね。きっと、私にこの話をしてくれた人も、同じような心持ちだったのでしょう。約束が破られる時なんてそんなものです。だから、一種の様式美のようなものだと思って、我慢して聞いて下さい。

これからお話しすることは、絶対に、誰にも言わないで下さい。そして、出来れば皆さんも、忘れてしまうのがよろしいでしょう。

さて。私が初めてその約束をしたのは、今から二十年近く前だったと思います。え、今ですか？　一応、新卒で、今年から社会人をやっています。はい、そうですね。全部これからなんで、頑張りたいです。

ええと……だからですね、当時私は、まだ四歳か五歳だったのです。幼稚園に通っていて、よく母親に連れられて、近所の公園に行っていました。同じ年頃の子どもがいっぱいいたので、母は私を勝手に遊ばせて、ママ友とお喋(しゃべ)りしていたそうです。

そこで私は、ひとりのおじいさんと出会いました。

いいえ、もしかしたら、おじいさんでなくて、おじさんだったかもしれません。顔とか姿とかは、全然覚えてないんです。とにかく、ベンチに腰掛けていたような気がします。ぼうっとして、視線が不自然に泳いでいるので、小さかった私も「何か変だ」と思ったのでしょうね。今だったら、絶対に自分から近付いたりしないと思うのですが、当時は「何を見ているの？」と話しかけたのです。そしたら、「お嬢ちゃんには見えないの？」って、逆に訊(き)かれてしまいました。

振り返って見ても、そこには、子ども達が楽しそうに走り回り、そのお母さん方がぺちゃくちゃ喋っている光景しかありません。

困ってしまって、黙り込んだ私に、そのおじいさんはこう言ったのです。

「僕にはね、穴が見えるんだ」

穴ってどこに？　と私は尋ねました。

砂場があるのならともかく、私達がいる公園は、芝生と遊具しかありません。どこかに落とし穴でもあるのかと、重ねて訊いた気もしますけれど、おじいさんは、首を横に振りました。

「そうじゃない。丸くて、暗くて、ぽっかりと空いた穴が、みんなの足元にいっぱいあるんだよ」

こんなくらいの、と言って、おじいさんは両腕で輪っかをつくって、大きさを教えてくれました。それはちょうど、マンホールをひとまわり程大きくしたような感じです。でも、マンホールと違って、その穴には蓋も覆いもなく、道端や床に、ぽっかりと口を開けてそこにあるのだそうです。

「お嬢ちゃんどころか、お嬢ちゃんのママだって、すっぽり入ってしまいそうな、大きな穴だ。今だって、見えているんだよ」

そこにも、ほら、そこにも、と言って、おじいさんは緑の芝生の上を、次々に指差していきました。指差された先を慌てて確認しても、当然ながら、私には穴なんて見えません。

「あんなに大きな穴なのに、みんな、全然気付かないんだよなあ。時々、穴の中に落っこちている人間だっているのに、それでも気付かない。目の前で、人一人消えちまっても、次の瞬間には、いなかったことにされている」

うそぉ、と私は笑いました。だってそんな、目の前で人が消えちゃったりしたら、いくらなんでも気付くでしょうって。

ところがおじいさんは、とても真剣な顔で、首を横に振ったのです。

「それが、そうでもない。この間なんて、僕は、連れ立って歩いている親子で、それを見てしまった。ひとりは立派な青年で、もうひとりはその青年の母親らしい、年を取った女の人だった。春の川べりで、ふたりしてのんびりと散歩していたのに、その足元に、ぽっかりと穴が現れたんだ」

穴には色々な種類があるのだと、おじいさんは言いました。

ずっとその場所に留まり続ける穴もあれば、人に付き纏って、その人が落ちるまで足元を移動し続ける穴なんてものもあるそうです。さっきはこれくらい、なんて言ったけど、あれはあくまで平均で、時には、ビルひとつすっぽり入ってしまいそうな、とてつもなく大きな穴も存在するとのことでした。

でもなかった。罠みたいにいきなり現れて、いきなり消える穴だった」

ゆっくりと足を進めるおばあさんの前に、唐突に現れた穴は、あっさりとおばあさんを飲み込んで、また唐突に消えてしまいました。しかし、そのすぐ隣を歩いていた青年は、一瞬不思議そうに母親のいた場所を見つめると、すぐに顔を前に向け、何事もなかったかのように歩き去ってしまったのだそうです。

「実の親子ですら、穴に落ちてしまったら、その人を忘れてしまうのだ。まるで、そんな人、最初から存在していなかったと言わんばかりに」

そう言ってから、いや、もしかしたら、とおじいさんは唸りました。

「……見えているのに、知らんぷりをしているのか？　本当は忘れてなんかいないのに、無視しているのかもしれない。穴に落ちるのが見えていても、見えないふりをするのが礼儀なんだろうか」

ああ、僕にはもう、分からなくなってしまった。

頭を抱えたおじいさんに、変なの、と私は言いました。やっぱり、そんな穴なんて見えないよ、と。そしたらおじいさんは、大真面目に頷いたのです。

「僕だって、昔は見えなかったんだよ。でも、いつからか、ぼんやりとだが見えるようになってしまった。どうしてこんな風になったんだか、自分でも全く分からない」

私は、何やら自分には見えない穴に興味があったので、しつこく、詳しい話をねだりました。

「あの穴はね、とてもとても深いんだ。一回落ちたら、二度と這(は)い上がっては来られないだろう」

じゃあ、落ちてしまった人はどうなるの？

「知らない。知りたくもない」

じゃあ、穴の底には何があるの？

「知らない。覗(のぞ)き込んだこともない」

なんで？

「だって、こわいじゃないか」

なんでこわいの？　穴の底に、何があるか知らないのに。

そんなような問答を繰り返しているうちに、おじいさんは、ふと、不思議そうな顔になったんです。

「……確かに。穴の底に何があるのか、僕は知らない。それなのに、何でこんなに穴をこわがっているのだろう」

そう言って考え込んでしまったおじいさんは、その後、私が何を訊いても、曖昧(あいまい)な返事しかしてくれませんでした。

次に私が公園に来た時、おじいさんは同じベンチにいました。

ただ、この間とはちょっと様子が違って、むやみやたらに穴をこわがってはいないようでした。それどころか、一八〇度持論をひっくり返して、穴の中には、きっと良いものがあるに違いない、なんて言うんです。

「あれからよくよく考えたのだがね、穴の中には、実は、とても素晴らしい世界があるかもしれない、と思うようになった。もしかしたら、地下には地下の世界があって、その穴に落ちた人は、幸せな生活を送っているかもしれない、と。あれからどうにも、穴の中に何があるのか、気になって仕方がない。お嬢ちゃんは、一体何があると思う？」

その頃、私はちょうど、幼稚園の卒園式が迫っている時分でした。毎年、卒園式には劇をやるんですけれど、この年の演目は「おむすびころりん」でした。

皆さん知っていますよね、「おむすびころりん」。

山で柴刈りをしていたおじいさんが、おむすびを鼠の穴に落っことして、鼠にお礼を貰う昔話です。

私は、意地悪じいさんの役をやることになっていて、練習している最中でした。

ええ、そうです、意地悪じいさんです。女なのに、なんで先生は私にじいさんの役をやらせたのでしょうね？

まあ、そんなことはどうでもいいか。

とにかく、だからとっさに私は、「鼠の国！」と答えたんですよ。

そうか、そうか、鼠の国か、と笑ったおじいさんは、ふと、首をかしげました。

「はて。こんな話を、前にも一度したような気がするが……」

いつだったか、と呟いたおじいさんは、しかしこの日、それを思い出すことはありませんでした。

その次に会った時、おじいさんは異様に昂奮していました。やっと思い出せたと言って、とても嬉しそうにしていたのです。

「そうだった、そうだった。僕が穴を見るようになったのは、祖母に、あるお伽噺を聞いてからだ。僕は祖母に穴の話を――鼠の国の話を聞かせてもらったのだった」

そのおばあさんは、もともと、大きな米倉のある、農家の娘さんだったようです。

「僕の生まれた家には、鼠がいっぱい出てね。僕は鼠がとても嫌いだったのだが、祖母が、こんな話をしてくれたんだ」

何でも、鼠は安易に殺してはいけないのだそうです。

鼠穴の奥には「鼠浄土」という素晴らしい世界があると、おばあさんは言ったのだとか。そこには美味しいごちそうや素敵な着物、良く効く薬がたくさんあって、誰も飢えもしなければ、病気になったりもしない。だから困った時には、鼠穴に助けを求めれば良い。普段、鼠に親切にしておけば、いざという時に助けてもらえるから、と。

「やっぱり、穴の底には素晴らしい世界があるのだろう。穴に落ちた人達も、きっと幸せに違いない。思い出せて良かった。安心したよ。これで、穴をこわがらずに済む」

おじいさんはそう言って、ホッとしたように笑いました。

それから何度か公園に行って、その度に私はおじいさんと、穴の底に何があるのかを話し合いました。おじいさんは会うごとに、段々と、穴の底に何があるのか気になっていっているように思えました。

そんなある日のことです。

いつものように穴について語り合っていた最中に「穴の底に行ってみたい」と、私はついつい口走りました。しかしそれを聞いたおじいさんは、不意に顔色を変えたのです。

「駄目だ！」

急に、我に返ったような、そんな感じの強い口調でした。

「馬鹿（ばか）なことを言っちゃいけない。穴に入ってはいけないんだ」

つい一瞬前まで、自分でも「穴の底を見たい」と言っていた人の言葉とは思えません。

私はびっくりして、なんで？　と尋ねたのですが、おじいさんは凍りついたように目を見開いて、自分で言った言葉に、呆然（ぼうぜん）としているようでした。

「ああ、そうか、そういうことか……。鼠浄土。鼠の国。やっと思い出したぞ。そりゃあ、鼠達にとっては極楽だろうよ。奴（やつ）らにとっては、凄（すご）いごちそうだろうから」

血の気を失くし、ぶつぶつ呟いていたおじいさんは、私の方を見て、唇を噛みました。

「お嬢ちゃん、おじちゃんの言った話は、全て忘れておしまいなさい」

堅い声に、私は驚いてしまいました。しかしおじいさんは「僕が言ったのは、全部嘘なんだよ」とぴしゃりと言ってのけたのです。

「つまらない法螺話だ。デタラメなんだよ。こわがらせて悪かったね」

私は納得出来ませんでした。あんなに詳細に話していた穴の話が嘘だなんて、到底信じられません。むしろ、穴の話がデタラメ、という方が嘘のように思えました。「どうしてそんな嘘をつくの」と、私は困惑して理由を聞きました。

するとおじいさんは、急に辛そうな顔になって、こう言ったのです。

「今度こそ、本当に思い出したんだよ。僕は穴の底に何があるか、最初から分かっていたんだ。そのはずなのに、分からないふりをして、自分でもそう思いこもうとしていた。穴のせいで、正気じゃなくなっていたのだ。しかも、あれ程他人に話してはいけないと言われていたのに、僕はうっかり君に喋ってしまった。ああ、なんて馬鹿をしてしまったのだろう」

このままでは、君のためにも良くない、とおじいさんは断言しました。

ですが私は、別にこわい話とも思っていませんでしたし、文句を言いました。多分、絵本の読み聞かせをせがむみたいに、もっと話を聞かせてよ、とでも言ったんでしょう。

これにおじいさんは、とてもおっかない顔をして、再び「駄目だ」と返したのです。

「いいかい、穴の話は、絶対に他の人に言ってはいけない。約束しておくれ。そして出来るならば、穴のことなんて忘れてしまうと良い。それが一番、お嬢ちゃんのためだ」

助かるにはそれしかないと、ぽつりと、小さく呟いたようにも聞こえました。

「万が一、穴が見えるようになってしまっても、絶対に中を覗こうなんて考えちゃ駄目だ。穴が見えるようになるとね、そのうち、穴の底を見たくて、見たくて、堪らなくなる。それでも、死ぬ気で我慢するんだよ」

いいね、と。

お話の内容よりも、その時のおじいさんの剣幕の方が恐ろしくて、それ以来、私はおじいさんの側に近付くのを止めてしまいました。と、言うよりも、それ以来、おじいさんの姿を見なくなってしまったんです。小学校に入学したこともあって、私が公園に行かなくなったというのもあるでしょうが、おじいさん自身、私と会わないようにしていたのかもしれません。

いつしか私は、公園で会ったおじいさんも、おじいさんと話した内容も、すっかり忘れてしまいました。本当に、今語った内容も、全然覚えていなかったのです。あのおじいさんと再会しなかったら、一生忘れたままだったでしょうね。

そうです。

再会したんですよ、あのおじいさんに！

とは言っても、私が一方的におじいさんを見つけたってだけなのですけど。しかも、バスの車窓から。

部活の都合で——あ、私、高校時代は吹奏楽部で、トロンボーンをやっていたのですけどね。県の吹奏楽コンクールの帰り道、楽器を学校に置きに行く道すがら、おじいさんの姿を見てしまったのです。

これが一番不思議なのですが、一目見た瞬間に「あ、あのおじいさんだ！」と分かったんです。後ろ姿だったし、夕暮れ時だったし、自分でも、何でそれで分かったのか、不思議なのですけれど。それまで、おじいさんと会ったということすら忘れていたのに、穴について話した内容だけは、ぶわぁー！　って、一気に思い出したのです。

改めて見ると、おじいさんは痩せてひょろっとしていて、猫背でした。まばらな白髪が生えているだけで、ちょっと貧相な感じでしたね。着ているのは、なんて言うのかな。白いTシャツ？　男性ものの下着だと思うんですけど。ズボンは黒っぽくてよく見えなかったのですが、薄闇の中、背中がぼうっと浮かび上がっていたので、上半身はよく見えたのです。

おじいさんは、道路を背にして、畑の方に向かい、立っていました。

私の地元にはよくあるのですが、こう、畑が一段高くなっていて、道路と畑の境界に、畑でもない、道でもない、雑草の生えた斜面があるんですよ。

そこをじっと見つめていたおじいさんは、不意に、雑草の中に、頭を突っ込んだんです。

おかしいでしょう？

え、何してるんだあの人、と思って、私もびっくりしちゃいました。おじいさんは泥だらけになるのにも構わず、四つん這いになって、斜面に頭を押し付けているように見えたのです。こう、白髪頭を地面にぶつけるように、両手両足をバタバタさせて、もがいていました。パッと見、溺(おぼ)れているような感じでしたね。水も、何もない所なのに。

頭がおかしいのか、と思ったのとほぼ同時に、でも、実はそうじゃないんだって、私は悟ってしまったんですね。

――おじいさんは、「穴」を覗こうとしていたのです。

バスが通り過ぎるまでの間ですから、時間にしてみれば数秒もないでしょう。でも、私はおじいさんを見つけてから、おじいさんが見えなくなるまでのわずかな間に、全部分かってしまったんです。

おじいさんはあれから、ずっと穴の底に何があるか、気になって気になって仕方が無かったのでしょう。それこそ、気が狂ってしまいそうになるくらい、気になって気になって、でも我慢して、そしてとうとう、堪えられなくなってしまったんだって。

私、痛いくらいに分かってしまったんです。

車窓から、おじいさんが見えなくなる一瞬前に、おじいさんの姿は消え、ま、し、た。

頭を押し付けていると見えた斜面が不意に消えて、ぽっかりと、そこに穴が現れたのです。おじいさんの体は、真っ黒の穴の中に、すとん、と消えて行ってしまいました。

私も、とうとう見ちゃったんです。おじいさんの言う穴を！

あれは、バスが通り過ぎたから、見えなくなったんじゃありません。私は確かに、おじいさんが穴に吸いこまれていくのを見たのです。おじいさんは、とうとうやったのです。穴に落ちて——いいえ、自分から、穴に入って行ったのです！

うーん。どんな光景だったか、私の言葉じゃイメージしにくいかな。

そうですねえ。『ふしぎの国のアリス』の映画を見たことがありますか。あの冒頭でアリスが、ウサギの穴に入るシーンがあるじゃないですか。まさに、あんな感じでした。

そう言えば、私の家には『ふしぎの国のアリス』のビデオがあるのですけど、ダビングに失敗したらしくて、最後のオチに行く前に終っちゃうんですよね。だから小さい頃、私は『ふしぎの国』が、夢の世界だとは知らなかったのです。

私にとってのアリスの冒険は、不思議の国で、トランプの兵隊にもみくちゃにされる所で終って、また最初に巻き戻しになって、永遠に続くものだったんですよ。

ああ、すみません。話が脱線しましたね。

それでですね、私はとんでもないものを見てしまったと思って、「あれを見た？」って、窓際にいた部活仲間に、片っ端から訊いて回ったのです。でも、みんなコンクールで疲れていたのか、寝ていたり、窓の外を見ていなかったりで、ひとりも見た人がいなかったんです。

それから家に帰って、母に同じ話をしたんですけど、母は公園に、そんな変なおじいさんはいなかった、なんて言うのです。何年も前の話ですから、覚えていないのも仕方がないとは思うのですが……。

母は、幼い子どもが身元の知れない老人に近寄って行ったら、いくらなんでも止めるし、何度も話をしていたら、忘れるはずがないなんて言い張るのです。

でも、私は小さい時、おじいさんと会った記憶があるし、おじいさんが穴に吸いこまれる姿も、確かにこの目で見ました。そして何より、あれから私にも、少しずつではありますが——穴が、見えるようになってきたのです。

おじいさんの言った通りでした。涸井戸（かれいど）みたいに真っ暗で、蓋のない、マンホールのような形をした穴が、あちらこちらにあるんですよ。そこに落ちる人も見ました。落ちる人を見て、すぐに忘れてしまう人も見ました。

この前なんて、笑っちゃいましたよ！

スーツ姿のひとりの女の人の足元に、大小問わず、たくさんの穴がまとわりついているんです。あんまり多いので数えてみたら、十四個もありました。それが、女の人が歩く度に、音もなく、スゥーッと移動するのです。時折、ハイヒールの先っちょが穴のふちをかすめたりして、落ちる！　って思ったりしたんですけれど、中々しぶとくてですね。スマートフォンを操る本人に穴は見えていないのでしょうけれど、全然落ちないのです。

結構、見ていると面白いんですよね。

穴に落ちた人がどうしているのかも気になりますし、見ようとすればする程、だんだんはっきりと見えるようになるみたいです。

今になって、やっとあのおじいさんの気持ちが分かったような気がします。

こんなに不思議で面白いものを見ているのに、他の人は何も見えていないなんて、もったいないじゃないですか。

誰かと、この体験を共有したい。

誰かに、自分の見たものを話したい。

そう思うのは当然です。

だからこそ、こうして私は皆さんに穴の話をしているわけで、あのおじいさんと同じく、約束を破ってしまったわけなんですけれど。

どなたか、穴の底に何があるか、ご存じの方はいらっしゃいませんでしょうか。最近ではもう、穴の中に何があるのか、私、気になって気になって仕方がないのです。この前なんて、自分で穴の底に下りる夢まで見てしまったくらい。

いえ、そんな。

本当にただの夢ですし、改まってお話しするような面白い内容でもないのですが……

はあ、そうですか？　では、せっかくなので、お話ししちゃいましょうか。

夢の中で私は、初めておじいさんと会った時と同じ年頃でした。穴の底に行く準備をして、私は穴の所に行くのです。お腹が空いた時のために、リュックサックにおかしやジュースを詰めて、おめかしをして、まるで、お出かけする直前みたいな恰好でした。

穴の底は、きっと楽しい世界に違いない。面白いものがあるに違いないと言って、周囲の大人達は楽しそうにしていました。しかし私は、穴に下りる直前になって、怖気づいてしまうのです。

すると、それを見た大人のひとりが、ぽんと私の背中を押してくれたのです。その衝撃で、私は穴の中に落ちて、おかげで無事に底へと辿りつくことが出来ました。

やっぱり、『ふしぎの国のアリス』のイメージが強かったのでしょうね。穴に下りてすぐに、私はお茶会に行き当たりました。

穴の中で最初に出会ったのは、虹色のウサギだったのです。

三月ウサギは、きっと帽子屋たちとのお茶会で、間違って、絵筆を洗った水を飲んでしまったのでしょう。耳の先っちょは黄緑で、顔は紫、手足は赤く染まって、まるで手袋と靴下を身につけているかのようでした。そして、大きくてまんまるな目には、綺麗なしま模様が浮かんでいるのです。

とってもカラフルで、可愛いでしょう?

テーブルの上には、香ばしいクッキーや宝石のようなキャンディー、りんごをたっぷり使った飴色のパイに、ふわふわなクリームに真っ赤ないちごをのせたケーキなんかが置いてありました。それこそ、ほっぺたが落ちそうな程、甘くて美味しい食べ物が、めいっぱい並んでいたのです。私はお腹が減っていたので、それを、たらふく食べました。

気が付けばテーブルの上には、シルクハットを被った鼠がいました。そしてその鼠をよくよく見るとですね、あの、おじいさんの顔をしていたのです。おじいさん鼠は幸せそうにニコリと笑って、クッキーに齧りつきました。

その後の夢は、よく覚えてはいないのです。でも思った通り、穴の底にある世界は、ずーっと素敵だった気がします。朝起きて夢だと知り、がっかりしたくらいですから。

もしかしたら、あのおじいさんが自分から穴の中へ入って行ったのは、これが理由なのかもしれません。おじいさんの夢見た穴は、私の穴とは違ったかもしれないけれど、それでもやっぱり素晴らしい世界だったのでしょう。だから、自分から落ちたのです。

穴の底が、とっても楽しかったから。

穴の底が楽しくない、なんてことあり得ません。

ええ。楽しくなければならないのです。

私は今でも、あの穴の夢を、もう一度見たいと願っています。そのせいか、ふと穴に目をやると、目玉にしま模様の浮き出たウサギが、鼠になったおじいさんと一緒に、笑ってこちらを手招いているような気までするのです。

――私がこんな風になったのは、全部、おじいさんの話を聞いてからです。今まで、誰にも話さずに我慢していたのですけれど、どうにもうずうずしてしまって、今晩、お話しさせて頂きました。

こんなことを言っても、無駄だって分かっています。それでももう一度、これだけは言わせて下さい。


このお話は、絶対に、誰にも言わないで下さい。そして、出来れば皆さんも、忘れてしまうのがよろしいでしょう。

それが穴を見ないための、唯一(ゆいいつ)の方法でしょうから。

半身

宇佐美まこと

宇佐美まこと　Usami Makoto
1957（昭和32）年愛媛県生れ。2007（平成19）年『るんびにの子供』でデビュー。'17年『愚者の毒』で日本推理作家協会賞〈長編及び連作短編集部門〉を受賞。他の著作に『展望塔のラプンツェル』『羊は安らかに草を食み』など。

「どうしてパートさんが続かないのかしら。こんなにスタッフの入れ替わりが激しいと、人材も育たないでしょう。パートやアルバイトだって、経験を重ねている人が多ければ、それだけお店の運営も楽になるのよ」

真知子（まちこ）の前で店長の山野（やまの）がうなだれている。

「どこの店舗も正社員は二、三名。あとのスタッフは全部アルバイトなんだから」

テーブルに置いた勤務表の上に真知子はピシッとペンを置いた。その音に山野の肩はびくっと震える。ペンには、ファミリーレストラン「ジェリービーンズ」の名前が入っていた。

「心当たりは？」

「は？」

「だから、人が辞めていく原因よ。店長のあなたなら分析をしているんでしょ？　当然」

「うちの店は、住宅街の中にありますので――」

「だから？」

真知子はいらいらと続けた。

「パートさんは学生などの若い人ではなく、主婦や長年フリーターを続けてきた女性が多いわけでして――」

三十二歳の店長、山野は、向かい合った統括マネージャーを上目遣いに見た。山野が言いたいことはだいたい予想がついた。要するに女性どうしの人間関係が難しいのだと言いたいのだろう。パートの女性は、大方が彼より年上で、だからうまく取り仕切れないのだ。そういうことを匂わす気弱な店長を、真知子は睨みつけた。

それは取りも直さず、この男の指導力が劣っているということに他ならない。上司にそういうことを述べること自体が、自分の無能さを披瀝しているということに気づいてもいない。そして当然売り上げもよくない。この三か月間、前年を大きく割り込んでいる。

「このままだと、不採算店舗として整理するしかないわね」

山野はさらに肩を落として縮こまった。厳しい統括マネージャーの追及をどうにかかわして、何とかミーティングを終わらせようとしている心境が手に取るようにわかった。

真知子たちがいるバックヤードの部屋は厨房のすぐ裏にあるので、調理中の匂いが漂ってくる。ジェリービーンズは、一応洋風のメニューが中心だが、人気の高いから揚げや餃子、ラーメンなどの麺類、キッズメニューまで豊富に揃っている。安くてボリュームがあるというのがウリだ。こってりした料理の匂いが鼻につく。

真知子はもう一度、勤務表に目を落とした。

「この根本ミサエさんていう人、この人はずっと続いているわね」

五十三歳のパート従業員の名前を指で差した。でっぷりと太り、ふてぶてしい顔をした女性は、真知子にも覚えがあった。

「ええ、この方は本当によくやってくれます。辛抱強いし気が利くし。私も頼りにしているところでして」

山野はポケットからハンカチを出して汗を拭った。真知子はその仕草をじっと眺めていた。額から首筋にまでハンカチを当てる。制服の襟に皺が寄っている。きちんとクリーニングに出しているのかしら？　家で洗濯するにしてもアイロンがけを怠っているとか？　この男は妻帯者のはずだけど。短い間に様々な思いがよぎった。

「それじゃあ、根本さんには、本部で研修を受けてもらうことにするわ」

山野は「え？」というふうに視線を上げた。

「根本さんは、規定のスタッフ研修は受けておられますけど？」

「それは四年も前のことでしょう？」スタッフ教育の資料をめくりながら真知子は言っ

た。「今回は、ステップアップのための研修を受けてもらう」

「ええと――」山野は視線を宙にさまよわせた。額にまた汗の粒が浮かぶ。「根本さんは、今のままの待遇でいいと言われていますから、そういう研修は――」

「山野さん――」真知子は言い募る店長の言葉を遮った。パート女性に敬語を使う若い店長に、さらに苛立つ。「ジェリービーンズ町田店は、相当のてこ入れをしないと業績は悪化するばかりよ。ヒューマンスキルをアップさせるのはその一環よ」

言い込められて山野は黙った。

「あなたが改革できないから、私がここに来ているわけ」

「はい……」

「じゃあ、次。この夏の販促企画について」

山野は力なく資料に手をやった。


本庄真知子は、飲食事業を関東、東海、北陸、東北に展開する「ミレニアム・フーヅ」で、関東統括マネージャーとして働いている。八年前、ちょうど四十歳の時に転職した。それまでは起業家を対象にした講習、人材発掘、スタッフ教育を担う会社に講師として勤めていた。要するにヒト、カネ、モノの管理を教えるスペシャリストだった。そうやって自分が身に着けたスキルを人に伝えるだけでなく、実地で生かしたいと思っていたところを、今の会社に引き抜かれたのだ。

　きっと前の会社にい続けた方が楽だったとは思う。仕事量は増えた。だが、やりがいは今の方がある。報酬も格段にいいのだが、それだけではない。実際に店舗を回って問題点を探り出し、解決策を見出し、スタッフを指導して業績アップにつなげることの達成感は何ものにも代えがたい。

「ミレニアム・フーヅ」は、ファミレスの「ジェリービーンズ」、和食の「しらさぎ庵」、ピザ専門の「ファルファッラ」を運営している。飲食チェーン店としては後発の会社だが、今では東日本に六十三店舗を展開している。業績は好調で、年間約八店舗を新規にオープンさせている。

　転職した当初は東北エリアのマネージャーの補佐要員だった。それが今では関東統括マネージャーだ。一番の花形で、営業部長の片腕とも目されている。ここまで昇り詰めるのに、どれほど精勤してきたことか。今でも少しでも手を抜けば、すぐに降格させられる厳しい職場環境だ。関東統括マネージャーを任されてすぐの時、横浜店の運営がうまくいかず、降格の憂き目に遭いそうになったのを、苦心惨憺して巻き返したこともあった。

　真知子の仕事は、売上管理や売上分析、スタッフの教育、指導、新店舗起ち上げのサポート、店舗イベントの企画運営と多岐にわたる。統括マネージャーは、正社員のスタップから副店長、店長、スーパーバイザー、エリアマネージャーと地道にステップアップしてきた生え抜きがほとんどだ。だから真知子のように、横滑りで入ってきて出世した者に、やっかみを抱く社員も多い。だが、そんなことを気にしていたのでは仕事にならない。真知子にとっては、同僚や部下のそういった嫉妬が、却ってモチベーションになっている。前の職を捨てて、こういう業界に飛び込んできたのは、ひりひりした現場に身を置きたいという気持ちも少なからずあったからだ。

性別も年齢も学歴も関係ない。ただ能力で評価される社会で活躍したかった。その望みを実現して今のポジションを得たわけだが、ここにい続けるためにも努力を怠ってはいけない。彼女は常に動き続けていた。人の何倍も働いていると自負していた。本社での会議、店舗への情報提供、店舗巡回、スタッフとのミーティング、エリア調査など、息つく暇もないくらいの忙しさだ。

五十前になっても独身を通し、男っ気のない真知子を、陰で悪く言う輩もいるのは知っているが無視した。どうせ仕事もできない男性社員だ。そんな情けない男たちを見ていると、家庭を持つなんてまっぴらごめんだという気持ちを強くした。結婚して夫に幸せにしてもらおうだとか、子供に期待をかけるなどという生活には、何の魅力も感じなかった。真知子は自分の力で自分の人生を切り開いていきたかった。

ジェリービーンズ町田店のパートスタッフ根本は、本社での六日間の研修を途中で投げ出した。もともと意に染まなかった研修だったし、彼女に課したカリキュラムはかなりハードなものだった。あんなだらけた店舗でパートをしている主婦には、酷な内容だと初めからわかっていた。

彼女は到底ついていけない研修を受けさせられたことに怒り心頭で、店長の山野に食ってかかった。対処できない山野からの連絡で、真知子が駆けつけた。根本は山野に対して、「不要な研修を課したのは、私を辞めさせるための工作だろう。労働基準監督署に訴えてやる」と息巻いていたらしいが、やり手の統括マネージャーが現れると、態度を一変させた。

「うちは主人が病弱で、私が働かないと生活が成り立たないんですよ」

太った体をよじるようにして懇願する。真知子は、そんな根本を冷たく見やった。

この中年女がネックだったのだ。パートでは古株の彼女が、この店のスタッフの頂点に立ち、気に入らない者を疎外したり、いやがらせを繰り返していたのだ。要するに自分が作り上げた心地よい城に君臨することが、この女のちっぽけな喜びだった。

店舗での立ち居振る舞いや山野の言動から、真知子はそれを見抜いた。

「ここを辞めさせられたら、私たちは路頭に迷うしかありません。死ねと言われているようなもんです」

そんな芝居がかった態度に動じる真知子ではない。

「じゃあ、死ねば？」そう言ってやってもよかったのだが、言わずとも態度で伝わったのだろう。根本はさんざん粘った後、諦めて辞めていった。

真知子はすぐに町田店のスタッフの勤務体系を見直した。新規スタッフの雇い入れにも関わった。ホール係、厨房係の連携も見直し、一人一人と面接もした。その上で、新たなチーフを選び出した。本来ならこういうことは店長と相談しながら進めるのだが、山野には一切意見を聞かず、真知子の裁量で行った。

数か月後、スタッフは誰一人辞めることなく勤務を続けていた。少しずつ売り上げも伸びてきた。生き生きと働き始めたスタッフを見て、ほっとした表情を浮かべた山野は、茨城県内の店舗に飛ばした。しかも店長の地位を剝奪し、平スタッフとしての転勤だ。山野はすっかり消沈していた。真知子の心はびくとも揺らがない。こんなことはよくあることだ。無能な部下を抱えていたのでは、業績は上がらない。無情に徹すること。それが真知子の信条だった。

仕事漬けの毎日で、三軒茶屋のマンションに帰るのは常に遅い時間だ。親しい友人もいなかったから、外食を楽しんだりもしない。受け持ちの店舗の品質チェックや、よそのファミレスの味見などで食べたくもない料理を口にするので、胃は常に疲れている。だから自宅ではろくな食事を取らなかった。食欲もなかった。マンションへはただ寝に帰るだけというありさまになってしまっている。

そんな生活を続けているから、体調が万全というわけにはいかない。年齢も年齢だし、無理がきかなくなっている。そう感じるのは、この半年の間に二度も帯状疱疹にかかったせいだ。子供の頃にかかった水痘のウイルスが再活動を始めて発症する帯状疱疹は、免疫力の低下によって引き起こされる。免疫力の低下の原因は、疲労とストレスだと病院でもらったパンフレットに書いてあった。

二度目の帯状疱疹の後、今度は神経痛に見舞われた。帯状疱疹特有のピリピリした痛みが、いつまでも続くのだ。これは帯状疱疹後神経痛というもので、年齢の高い者に多いらしい。その診断を聞いて嫌な気持ちになった。いつまでも若くはない。そんなことはわかっているつもりだったのに、その兆候が体に如実に現れると、気分的にも落ち込んでしまう。

それでも忙しい毎日は変わらず続いていき、暇をみて病院に通いつつ、痛み止めを服用してごまかした。真知子の場合、帯状疱疹は体の左部分にだけ発症した。ウイルスは神経に沿って移動して発症するというから、体の左部分の神経が冒されたということだろう。よって神経痛も左半身にのみ現れた。この帯状疱疹後神経痛はしつこかった。ようやく痛みから解放されたのは、発症から二か月も経ってからだった。

痛みはなくなったが、今も左半身には違和感が残っている。そっちだけ感覚が鈍いというか、自分の体ではないという気がする。そんな思いに囚われるのは、ゆっくり休めないからだろう。違和感にも目をつぶり、体を労わることもせず、真知子は変わらない日常を送り続けていた。

するとおかしな夢を見るようになった。

彼女は薄暗い店のカウンターに座っている。おそらくバーのようなところだろう。そこで一人で水割りを飲んでいる。初めはただそれだけの夢だった。続けて同じ夢を見ていると意識し始めると、周囲の様子にも目を配るようになった。長いカウンターの両端は闇の中に没し、店の広さはよくわからない。ただ闇の海に浮かんだ桟橋みたいに、カウンターだけが長く伸びている。重厚な一枚板でできたカウンターだ。夢の中なのに、縁の優しいカーブの手触りが心地よく感じられる。妙にリアリティのある夢だ。

カウンターの向こうにバーテンダーが立っているのだが、客に飲み物を出すことも、話しかけてくることもない。ただ両腕をだらんと垂らして突っ立っているだけだ。顔もわからない。背が高いということはわかる。見上げても、顔の部分は暗くてよく見えないのだ。水割りのグラスの下に、紙製のコースターが敷いてある。コースターには、船の舵輪をデザインしたロゴマークが印刷されている。

客の気配はある。入り口のドアが開け閉めされる音がするたび、かすかに潮の匂いがする。夢で匂いを感じるものかどうか。どちらにしても、海を想起させられるバーだ。

真知子の左隣に、誰かが座ることもある。女性の時もあるし、男性の時もある。会話をしているようだが、何を話したかは憶えていない。夢の中ではいつも、真知子はカウンターの前に座っているだけだ。ここから出たいと思っても、体が動かない。どうしてだか、自分はあそこに縫い付けられたように座っているしかない。それだけははっきりと意識した。

だんだん息苦しくなってくる。早くこんなところは出たいと切実に思い始める。そんな思いを、隣の客にしゃべっているようでもある。まったくおかしな夢だ。しかし、しばらくするとその夢も見なくなった。きっと体の不調がそんな奇妙な夢を見させたのだろうと解釈した。そのうち夢のことなど忘れてしまった。

忙しさは相変わらずだ。季節は移ろい、夏から秋になった。

千葉県松戸市に住む姉から連絡があった。

「お父さんのことなんだけど――」

何度かの不在着信に応じてかけ直した真知子に、姉は遠慮がちに言う。姉の聡恵は結婚後、実家の近くに家を建てて暮らしていた。両親が年老いた今、彼らの世話を一手に引き受けてくれている。真知子は一切そういうことには関わらなかった。多忙を口実に実家に帰ることもほとんどない。両親も姉も遠慮して連絡をよこさないから、普段は家族のことなど、頭の隅にもない。

「お父さん、足腰が弱ってしまって、家で介護するのが大変なのよね」

高齢の両親、特に父親の面倒をみるのが大変なことは認識している。姉に負担がかかっていることもわかっている。それでも顧みることはなかった。姉が松戸市に家を構える時には、実家から援助してもらったはずだし、子供が小さい時には育児を手伝ってもらっていた。だから、今姉が苦労するのは当然のことだと思っていた。

「それなら、介護施設に入れればいいじゃない」

ぴしゃりと返す妹に、聡恵は一瞬言葉を失った。

「でも、そんな――。お母さんも嫌がるし、本人だって――」

「仕方ないでしょう？　いずれは誰だってそうなるんだから。家でみられないなら、早めに施設を探した方がいいよ。お姉ちゃんも楽になるし」

「そういうことじゃなくって――」

優柔不断な姉の物言いに苛立つ。こういう決断をして欲しいから電話してきたんじゃないの？　という言葉を呑み込んだ。高校卒業後数年間、腰かけのような格好で地元の企業で働き、同僚の男性と結婚して家庭に入った姉を、真知子は密かに軽蔑していた。

経済的な理由で大学進学は困難な状況だったが、真知子は自分のキャリアのために何としても大学卒の資格が欲しかった。両親の反対を押し切って東京の大学に進んだ後は、奨学金を支給してもらい、いくつかのアルバイトの掛け持ちで、学費と生活費を賄った。

経営マネジメントを専攻したのは、自立した経営者か、人の上に立つ企業人になりたかったからだ。それを地道に達成してきたという自負はあった。結婚することを勧める両親や姉を黙らせるほどの実績は作り上げてきたつもりだ。

「そういうことも含めて一度ゆっくり相談したいの。こっちにいつ帰れる？」

「だから、私の意見は今言ったじゃない。当分そっちには行けないわ。忙しいから」

「お休みもないの？　日帰りでもいいから――」

「無理ね」真知子はにべもなく言った。「休みの日も、資料を作成したり、下調べをしたりで潰れてしまうの」

「そんなんで体は大丈夫なの？」

「大丈夫よ。何か決まったらまた連絡して。施設に入る時の費用の相談になら乗れると思う。いくらかは私も負担するから」

聡恵は大仰にため息をついて電話を切った。

足腰が弱ってきたという父親の顔を思い浮かべた。近くにいるのに、正月に帰ったきりだ。それも日帰りだった。あの時も、父の足元はだいぶおぼつかなくなっていた。家の中に手すりを取り付けて、それに頼って歩いていた。父は肝臓の具合も悪くて、定年後はずっと病院通いが続いていた。医者にはアルコールの摂取を控えるようにと言われていたのに、それができない。自業自得だ。

真知子は、姉以上に父を軽蔑していた。真知子の上昇志向は、父への反感から生まれたと言っていい。彼は地元の運送業者の組合で働いていた。小心者で向上心もなく、出世も望まず、その日その日を無事にやり過ごせば御の字というような生き方だった。それなのに酒を飲むと、上司の悪口を言い、うまくいかなかった自分の人生を嘆いた。あれが本当に嫌だった。努力もせず、面倒な仕事を嫌い、学ぶこともしなかった。

定年後は家で酒浸りの生活だった。母や姉に注意されるから家で飲まず、外で飲むことも多くなった。外で飲むといっても年金暮らしの身で贅沢はできない。酒屋の自動販売機でカップ酒を買って、公園のベンチで飲むようになった。そんな父に、ますます嫌悪感を抱いた。一度公園の中で、ホームレスたちと酒盛りをしているところを見かけた。だらしない格好をして、大声で笑い合っていた。吐き気がしそうだった。千葉からは足が遠のいた。

そんな父が今さらどうなっても知ったことではない。介護に手を貸そうなどとは金輪際思わなかった。野放図で怠惰な生き方をしてきた父を庇う家族とも距離を置きたかった。家族というものが煩わしいとさえ思った。真知子はさらに仕事にのめり込んだ。

まだ左半身の違和感は残っている。痛みはないのだが、どこかおかしいと感じるのだ。強いて言うならば、左半身だけの神経がうまく働いていないというか、自分でコントロールできていないというか、そんな気がした。

ばかばかしい――。そんなことがあるはずがない。自分の体の一部が、自分の意思で動かせないなんて。真知子は自分を笑った。そしてそういうおかしな感覚を抱く原因を、つまらない電話をかけてきた姉のせいにした。

会社から命じられて、各種企業の中の女性幹部の集まりに出席した。内閣府の進める女性の活躍推進の取り組みの一環としての会合だった。そういう場に参加できる自分が誇らしかった。会社からも評価してもらえているということだ。内閣府男女共同参画局から来た講師の講演を聞き、その後、場所を移してランチをとった。立食形式のもので、会食というよりは、名刺の交換会のような様相だった。真知子も、他の会社の女性幹部と名刺の交換を行った。どこでどうつながって仕事のプラスになるかわからない。なるべく多くの異業種の人と顔つなぎしておきたかった。職業柄、相手の顔を覚えるのも得意だった。

だから数日後、そのうちの一人から連絡が来た時、すぐさま顔が思い浮かんだ。女性向けの健康食品やトレーニンググッズ、リラックスグッズを扱う会社で、製品開発部長をしているという女性だった。名前は疋田(ひきた)千尋(ちひろ)。背が高くて整った顔をしていた。控えめなメイクが、彼女の美しさを余計に引き立てていた。会場で会った時、真知子を見てはっとしたような表情を浮かべたので、面識のある人物かと思ったのだが、記憶と照らし合わせてみても、思い当たらなかった。

　向こうもすぐに初対面の挨拶をしてきたから、勘違いだったのだろう。その疋田から連絡が来た。真知子と同年配らしき彼女は、はきはきした印象だったのに、電話の声は、迷いが見て取れた。

「あの――、本庄さん、もしよければ会ってお話をさせてくださいませんか？　仕事上のことではなくてプライベートで。ご迷惑でなければですけど」

「ええ、かまいません」

　そう答えながら、やはりどこかで会っていたのかと思った。

　疋田が指定してきた店は、南青山にあるしゃれたイタリアンレストランだった。やって来た疋田は、洗練された、だが華美にはならない上品さを漂わせた着こなしだった。彼女は突然の呼び出しを詫び、応じてくれた真知子に礼を言った。疋田に似合いの落ち着いた雰囲気のレストランで食事をする間は、おざなりの会話に終始した。彼女が言うところのプライベートの用件は出てこなかった。

　食事中、二人でワインのボトルを一本空けた。真知子は普段からアルコール類をあまり飲まないようにしている。父のこともあり、酒に酔う自分が許せなかった。だからボトルの中身は、ほとんど疋田のグラスに注がれた。ワイングラスを優雅に持ち上げる疋田の指には、薄紫色のネイルが施してあった。右手の薬指には細いシンプルな指輪がはまっている。二本のつる草が絡まり合ったようなデザインだった。

一時間半ほどの食事と会話は楽しかった。疋田も真知子同様、自分を高めることに心を砕いてきて、現在の地位にあるということがわかった。こういうふうに他人と話すことの少ない真知子だが、疋田には打ち解けていった。お互いの苦労や社内の様子、希望や人生設計について語り合った。デザートとコーヒーが出た時、疋田は尋ねた。

「ねえ、本庄さん。私にどこかで会った覚えはない？」

ということは、疋田の方はその覚えがあるということなのだろう。真知子はしばらく考え込んだ。そう言われると、そんな気もする。話している時から少しずつその思いが芽生えてきていた。彼女の話し方には覚えがあった。どこかで言葉を交わしていたのか。だが、どこで会ったかは思い出せない。

「ごめんなさい。ちょっと記憶にないの」

正直にそう答えた。疋田は気を悪くしたようにはなく、身を乗り出した。目の縁が少しだけ赤らんでいた。

「お願い。本庄さん。もう一軒だけ付き合って」

二人はレストランを出て、少し歩いた。歩きながらも疋田を観察した。ほっそりとした体にノーカラーのVネックコートを羽織った彼女は颯爽としていた。いかにも仕事ができる女性という感じだ。

疋田が誘ったのは、こぢんまりしたバーだった。カウンターを見て、もう忘れていたあの夢を思い出した。疋田もちらりとカウンターを見たが、奥のボックス席に腰を下ろした。二人とも水割りを注文した。グラスに入った水割りが来た時、何かがさっと頭の中をよぎった。目を上げると、疋田はじっと真知子を見ていた。

「本庄さん。これから私はおかしな話をするけど、気味悪がらずに聞いてくれる？」

「ええ、もちろん」

「あなただから話すの。本当はお会いするまで迷っていたんだけど、本庄さんが信頼のおける人だってわかったから、決心がついた」

そう言われて嬉しかった。仕事がらみではなく、誰かから信頼されるということが。もう長いこと、そんな感情を持ち得なかった。

「おかしな夢を見たの」

浮き上がった真知子の心が、すっと冷えた。

「私は暗いバーに一人で入って行くの。どこの店かはわからない。ただ長いカウンターがあるところなの」

体にぐっと力が入った。疋田はそんな真知子を真っすぐに見据えたまま続けた。

「女性が一人座っているの。その人の隣に私は腰を下ろす。そしてその人と話をするの」

もうその先は予測できた。

「その女性っていうのは――」疋田はちょっと言葉を切った。「あなたなの」

疋田は、水割りのグラスに手を伸ばした。グラスを持ち上げはしたが、口には持っていかず、氷の浮かんだグラスの中身をじっと見ていた。彼女の指先、あの薄紫色のネイル、薬指の指輪。あれを何度も見ていたことを思い出した。確かに夢の中で私たちは会っていたのだ。真知子は思った。顔は憶えていないが、疋田の話し方や指には確かに既視感があった。

「奇遇ね。私も同じ夢を見たの」とは、どうしても言い出せなかった。そんな軽い話ではない気がした。疋田がこれから語ろうとしている内容は。

「私は何度もあのバーを訪れるの。夢の中で」

それは今年の春から初夏にかけてのことだという。時期も合っている。真知子は用心深く耳を傾けていた。

「バーで会ったあなたと私は、何度も会っているうちに心易く(こころやす)なっていくの。今日みたいに」

ようやく疋田は水割りを一口だけ飲んだ。白い喉元(のどもと)がすっと伸びた。

「でもバーの中は暗いから、自分の側のあなたしか見えない。あなたの左半分しか」

ぶるっと身震いしたことは、疋田には悟られなかった。彼女は淡々と先を続ける。

「あの頃、私はとても苦しんでいたから、そのことをあなたに話した」

疋田は六年にもわたる不倫に終止符を打とうとしていた。相手は上司の男で、妻帯者だった。全て（すべ）わかった上での大人の関係だった。だが、疋田は出口のない恋愛に疲れた。彼との逢瀬（おうせ）が負担になってきた。だから別れを切り出した。いつかはそんな日が来ると納得した上での関係だったはずだ。相手もわかってくれると思っていた。

が、その目論見（もくろみ）ははずれた。男は別れないと言い張った。別れるなら、お前のキャリアを潰してやるとまですごんだ。妻とはそのままの生活を続け、愛人関係も維持したいと言う男のずるさ、傲慢（ごうまん）さに、疋田は震え上がった。賢明で道理をわきまえた人だと思い込んでいた男の本性を見た気がした。彼は浅ましく醜い俗物だった。

愛人に固執する男は、疋田のマンションに押しかけて暴力に及ぶこともあれば、泣いてひれ伏し、別れないでくれと懇願することもあった。疋田はほとほと疲れ果てた。会社では有能な人材だと認められ、出世頭と目されている男を憎んだ。こんな男につきまとわれたのでは、自分の一生は台無しになると焦（あせ）った。

「追い詰められていた私にとって、夢の中で訪れるあのバーは癒（いや）しだった。私はあなたを相手に自分が陥った苦境を語り、男への憎悪を伝えた。誰にも言えないことが、夢の中ではするすると言葉になって溢（あふ）れ出してきたの。あなたは一心に耳を傾けてくれたし」

そうだっただろうか。私はそんな話を聞いていたのか。真知子は考えた。夢の中でのことは霧に包まれたみたいにぼんやりしている。

「そしたら、あなたはこう言ったの。私はこのバーから動けない。ここから連れ出してくれたら、その男を殺してあげるって」

ひどく喉が渇いていた。だが、目の前の水割りを飲む気にはなれなかった。グラスの中の氷は溶け、グラスの外側を伝って落ちた水滴がコースターを濡（ぬ）らしていた。コースターはあのバーにあったような紙のものではなく、革製だった。

真知子はグラスから目を上げた。疋田は言葉を継いだ。一気に話してしまわないと、二度と口にはできないと思っているようだった。

「私はあなたをバーから連れ出した。あなたはちょっと怖がっていたみたいだけど、すんなり外に出られたわ。あなたはきっとあのバーテンダーを怖がっていたんだと思う」

あの——背の高い顔の見えないバーテンダー。なぜあの人を怖がっていたんだろう。あの男が私をあそこに留めていたのか。真知子は、またあの夢の中に引き戻される気がした。夢という檻（おり）に。

「それで？」

かすれた声で先を促す。ここまできたら最後まで聞くしかない。

「それきり夢を見なくなったの」素っ気なく疋田は答えた。「だけど——」

真知子はごくりと唾を呑み込んだ。疋田がひどく不吉なことを口にするとわかった。

「だけど、私の不倫相手は死んだの。殺されて――」

呻き声を上げるところだった。だが、すんでのところでなんとかこらえた。

「不思議な符合よね。夢の中で頼んだことが現実になるなんて」

疋田は、常軌を逸した不倫相手から逃れることができたわけだ。あまりに現実離れした夢だったから、あれは自分の不安定な心情が反映されたものだと思うことにした。

「だけどこの前、あなたに会って驚いたわけ。間違いなく夢の中で出会った人だったから」

本当におかしな話をしてごめんなさいと彼女は詫びた。でもどうしても聞いて欲しかったからと続けた。気分を害したでしょうと問われて、何とか真知子は微笑み返すことができた。

「ほんと、不思議ね。でも大丈夫よ。気を悪くなんかしてない」

平静を装ってそれだけを言った。もちろん、その男の人を殺してなんかいないと付け加えた。

「わかってる。あなたは私のことも相手の男のことも知らなかったんですものね」

疋田はまた謝った。すっきりしたような表情を浮かべている。きっと真知子に打ち明けたことで、心の整理がついたのだろう。

男を殺した犯人はまだ捕まっていないのだそうだ。それで男に対して殺意を抱いていた自分に後ろめたさを感じていたのか。夢の中で殺人依頼をしてしまった自分に。真知子に会った時、殺人依頼をした相手が実在していると知って驚き、狼狽したのだろう。迷った挙句、真知子に打ち明けようと思ったのは、自分の疑念を笑い話にしてしまいたかったからか。

でも疋田の望みに沿った物言いはできそうになかった。真知子は、得体の知れないひんやりしたものを抑え込みながら、何でもないという振りをすることしかできなかった。ただ同じような奇妙な夢を見ていたことは疋田には告げまいと、それだけは決心した。

「じゃあ、もう出ましょうか」

疋田が腰を上げた。支払いを済ませて出て来た彼女と、また並んで歩いた。もう夢の話はしなかった。食事の時とは打って変わって、お互い踏み込み過ぎないような話題に終始した。別れ際に疋田は言った。

「彼、首を絞められて殺されていたの。仕事で訪れた先の雑居ビルの非常階段で。左手だけで絞められていたんですって。おかしな絞殺の仕方だって、警察も首をひねっているみたい」

もう少しで悲鳴を上げるところだった。

疋田はさっと背中を向けると、優雅に歩き去った。真知子の左半身の感覚が急速に失われていった。

左側は、もう私の体じゃない――。くらりと眩暈がした。

それからまたあの夢を見るようになった。

真知子は相変わらず薄暗いカウンターに座っている。目の前に例のバーテンダーが突っ立っている。だらしなく腕を垂らして立っているだけで、動いたり、ましてや話しかけてもこない。見上げても、やはり顔は見えない。ただ蝶ネクタイの上の白い首だけが、暗闇に向かって伸びているきりだ。

私はまたここに連れ戻されたのだ、と真知子は思う。びくとも動かないこのバーテンダーは、決して私を放してくれない。それだけは理解できた。

カウンターには水割りのグラス。見慣れたコースター。

真知子は待っている。ここから連れ出してくれる客が来るのを。店の様子はわからないから、自分の姿を見る。ワンピースを着ている。黒地に黄色いバラのつぼみが散った柄。

目が覚めても、あのワンピースの柄は鮮明に憶えていた。あれは実際に持っていたものだ。数年前にふらりと立ち寄ったブティックで買った。気に入って何度か着たはずなのに、今はない。クローゼットの中をどんなに探しても出てこない。

もうだいぶ前のことだったから、飽きて処分してしまったのか。誰かに自分の衣服を譲るなどということは絶対にない。しばらくぼんやりとそんなことを考えた。夢は繰り返し見た。暗いバーに座っているだけの時も、誰かがやって来て真知子の隣に座ることもある。客は必ず真知子の左隣に座る。彼らと会話をしているようだが、その先は曖昧だ。

疋田が語ったように客と話して、彼らの望みを叶えてやる代わりに、ここから連れ出してくれと懇願しているのだろうか。だが、夢の始まりはいつもバーの中だ。たとえ外に出られたとしても、バーテンダーに連れ戻されているのだ。白いシャツに黒いベストを着た顔の定かでないバーテンダーに。真知子はいつも同じワンピースを着て、彼の前におとなしく座っている。

不可解な夢を忘れるために、仕事に没頭した。新店舗が次々と開店して、彼女は関東地区を飛び回った。そのうち夢のことは気にならなくなった。相変わらず時折同じ夢を見たが、慣れてしまえばどうってことはない。たかが夢だ。あれ以来、疋田にも会っていない。彼女の愛人を殺した犯人が捕まったかどうか、それも知らない。

ただ左半身の違和感は少しずつ大きくなっている。人混みの中を歩いている時、左肩を誰かにぶつけることがある。狭い入り口を通り抜けようとして、左半身がうまく通らないこともある。感覚がおかしくなっているのだ。自分の体なのに、自分のものでない感じ。そのうち左半身だけが自分を置いてどこかに行ってしまうのではないか。そんな思いに襲われる時がある。

　疲れているのだろう。もしかしたら帯状疱疹がぶり返す前触れなのかもしれない。あるいは精神が変調をきたしているのだろうか。それでも自分に鞭打つように仕事に打ち込んだ。自分が勝ち取った今の仕事と地位だけは、どうしても手放すことはできない、これこそが己のアイデンティティなのだから。

　また姉から連絡がきた。父を施設に入れようと説得するのだが、怒って暴れて手が付けられないと言う。

「お願いだから真知子、お父さんと話をしてくれない？」

　途中で母と代わり、泣くように懇願された。二人とも相当疲弊しているようだ。さすがに無視できなくて、何とか休みを取って松戸市に帰った。

　父はひどい有り様だった。痩せ細って頬骨が突き出した顔には苛立ちと怒りが浮かんでいた。落ちくぼんだ眼窩の中でぎょろぎょろと目玉が動いていた。父の体臭でむっとする寝室に足を踏み入れた時は、思わず息を止めた。糞尿の臭いまで混じっている。

　父はよれよれのパジャマの上に、半纏を着てベッドに座っていた。立ち上がるのに苦労するようになったので、介護用ベッドをレンタルしたのだという。父は真知子を睨みつけた。

「お前までわしをよそにやろうとしているんだな。それで来たんだろ?」ろれつが回っていなかった。

「だって、もうこれ以上家ではみられないもの」横から姉が口出しした。「このままだったらお母さんまで共倒れになるわよ」

「うるさい!」酒臭かった。

「お父さん、お酒を飲んでいるんでしょ?」

「それがどうした。自分の金で酒を買って飲むのが悪いか」

「体に悪いに決まってるよ。何も食べずに飲むだけ飲んで」

母が弱々しい声を出す。

「今、お姉ちゃんに聞いたけど、いい施設が見つかったらしいわね。そこへ入ったら、お父さんも楽になるわよ。とてもよく世話をしてくれるから」

だけど、酒は飲めないだろうなと心の中で呟く。たぶん、父もそれがわかっていて拒んでいるのだろう。

「お前にそんなことを言われる筋合いはない」低く抑えた声で父は言った。「この家に寄り付きもしない、わしの面倒もみないお前に」

筋張った指で差されて、一瞬怯んだ。

「そんな偉そうなことを言うなら、お前も帰って来て時々はわしの面倒をみろ。母さんや聡恵に負担がかかるのが嫌なら」

むっとした。どこまで尊大な態度を取れば気が済むのだろう。こんな男に罵られる謂れはない。私がどんなに大事な仕事に就いているかわかりもしないで。わからないはずだ。ちっぽけな職場で、毎日文句を言いながら勤め上げた男には。

「悪いけど、私にはお父さんの世話なんかにかまけている暇はないの」

「親に対してその口のきき方はなんだ！」

父はベッドの柵をぐっと握りしめる。手の甲に青い血管が浮き出ていた。唇の端から涎がつうっと垂れた。それを薄汚れたパジャマの袖でぐいと拭う。

「わしが稼いだ金でお前らを食わせてやったんだ。真知子、お前、大学へ行かせてもらえたことを当たり前だと思うなよ」

思わず鼻で笑ってしまった。大学に通うためにどれだけ苦労したことか。授業を終えると居酒屋へ直行した。ホール係で酔っ払いに絡まれることもしょっちゅうだった。弁当屋の下ごしらえの深夜アルバイトもした。スナックで働いていた時は、店長に言い寄られ、閉店後の店内で危うくレイプされそうになった。泥のように疲れ果てて帰って来て、睡魔と闘いながら単位を取るための勉強をした。

あの経験が今、飲食業界で統括マネージャーとして活躍する自分を支えている。困窮、疲弊、悔しさや情けなさが真知子の血肉になっているのだ。ひょいと引き抜かれて、この地位を得たと思っている同僚や部下にはわからないだろうが。ましてや自堕落でアルコール依存症の父には。

「今だって年金があるからこうやって安泰に暮らしていけるんだ。そのわしを施設に放り込もうとはどういう料簡だ」

父は黄色い歯を剝き出しにする。とうとう我慢できなくなった。

「安泰？　とても安泰に暮らしているようには見えないけど。もっといい生活が送れたはずよ。昔も今も。でもお父さんはそうはしなかった。のんべんだらりと日々を送っていただけよ――」

いきなり湯呑が飛んできた。すんでのところでかわしたが、薄汚れたそれは、背後の壁に当たって砕け散った。中に茶が残っていたらしく、後ろから飛沫が飛んできた。びしゃりと生ぬるい液体が真知子の服を汚した。

軽い既視感。いつかこんなことがあった。いつだったか。

「もう死んで」

「何？」

そうだ。あの時、私はこう言ったのだ。あれは――。

「何だと――？」

父のむくんだ顔が歪んだ。

「もう生きているのも嫌なんでしょ？　だったら死んだら？」

「真知子！」

後ろから母が真知子の腕を取って揺さぶった。左腕だ。そっちの感覚はない。もうそちら側は私の体じゃない。どうってことない。母の手を振りほどいて左の腕を父に向かって伸ばした。細かな皺の寄った細い首を絞め上げるところを想像する。いつの間にか微笑んでいたらしい。

父は言葉を失っている。母も姉も気味が悪そうに真知子の顔を見ている。

「お父さん、我儘(わがまま)言うもんじゃないわよ」

ゆっくりと左腕を下ろした。父がごくりと唾を呑み込む。これ以上ないというほど目を見開いて娘を凝視している。

「施設へ入りたくないんなら、歩く練習をしたら？　ベッドで寝ているだけだから筋肉が落ちるのよ」

あなたに足りないのは努力よ、という言葉は言わずにおいた。こんな怠惰な生活が、安泰だと思い込んでいる滑稽(こっけい)さ。ホームレスの生活とそれほど差があるとは思えなかった。

気持ち悪く濡れたブラウスが、ぺたりと体に張りつく。早く家に帰って着替えをしなくちゃ。そそくさと去っていく真知子を、もう誰も止めなかった。

「霧笛(むてき)」

電話に出るなり、相手が言った。疋田千尋だ。

「何？」

「夢の中のバーの名前よ。思い出したの」

「また――あのバーの夢を見たの？」

恐る恐る訊(き)いてみた。疋田はそうじゃないと言った。ただ思い出しただけなのだと。

「あなたを伴ってバーを出るでしょ？　その時に振り返ってみたことを思い出した。そしたらドアの上にぽっと灯りの点(つ)いた看板が見えたのよ」

「それが霧笛？」

「そう」

疋田はいくぶん明るい声で言った。まだ男を殺した犯人はわからないのだそうだ。捜査の過程で、男と疋田との関係が露呈して、捜査員が事情を聴きにきたという。それで彼の妻にも二人の関係が知れた。妻は、会社にまで乗り込んできたらしい。

「大変だったわね」

「ううん、全然平気」さらに明るい声。「どうってことないわ。だってもう彼は死んでしまったんだもの」

憑き物が落ちたように平然とした声の疋田が羨ましかった。もうこの人は、あのバーへ行くことはないのだ。

「霧笛」「バー」「スナック」で検索をかけてみた。関東圏に二十一軒あった。海のそばに限定して調べてみる。あまり絞り込めない。名前からして、たいていは海のそばにあるのだ。それぞれのホームページを覗いてみる。店の中の写真も載っているが、どれも真知子の記憶とは合致しない。

どこかよその土地にあるバーかもしれない。夢の中なのだから、近くである必要はないだろう。そうするとかなりな数になる。次々とサイトを見ながら、ばかばかしくなってきた。実在する店ではないと考えるのが妥当だ。たまたま二人の夢の中に出てきたからってどうだというのだろう。偶然だと片付けてしまおう。第一、私は人殺しなんかしていないんだから。

つい笑いそうになった時、あるサイトに目がいった。『訳あり物件西東』というサイト名だった。そこに「霧笛」というバーが載っていた。横浜市中区にあった店だ。二年半ほど前に潰れたようだ。経営に行き詰ったオーナーが店の中で首吊り自殺をしたと書いてあった。このサイトは、そういう不吉な物件を集めて紹介するものらしい。真知子はようやくそれを理解した。ただそれだけの素っ気ない記述だ。スクロールしていくと、心当たりのある地元民がいろいろと書き込みをしていた。

店は、東京でバーテンダーの修業を積んだ三十代の男性が開いたものだ。横浜港や元町通りも近く、立地には恵まれていた。三年ほどは順調な経営を続けていたのだが、似たような店の多い飲み屋街では、固定客をつなぎとめておくのが難しくて潰れてしまった、とあった。

「この店、雑誌で紹介されたこともあるんですよね」という書き込みの後に、わざわざその記事をアップしてあった。店内の写真も載っていた。長いカウンターがあったが、そういう造りの店は多いだろう。「霧笛」という店名の横に、舵輪のロゴマークがあった。真知子の手が止まった。夢の中で見たコースターにも同じマークが印刷されていた。間違いない。この店だ。本当にあったのだ。

冷たい汗が背中を滑り落ちていった。オーナーの顔写真も出ていた。じっくりと見てみる。どこかで見たような気がする。ということは、「霧笛」に行ったことがあるということか。どんなに記憶を探っても、横浜でそんなバーへ入った覚えはない。

「このカウンターの中でオーナーは首を吊っていたんだよね。きちんとバーテンダーの格好をして、高い天井の梁(はり)にロープをかけて」

「ああ……」思わず声が漏れた。

カウンターの向こうでだらりと手を両脇(りょうわき)に垂らして立っていたバーテンダー。あれは首を吊っていたのだ。背が高いのではなく、不自然に吊り下げられた格好だった。長く伸びた首と、闇に没した頭部。体が小刻みに震えだした。

それでも目は、書き込みを追ってしまう。

「知ってる？　あのオーナー、借金が返せずに店を差し押さえられてからも、あの近辺にいたんだよ。ホームレスになって、公園で生活しながら未練たらしく元の自分の店の周囲をうろうろしてたんだ。見た人が何人もいるって。それで最後は、とうとう店の中に入り込んで首を吊ったんだ。野外生活をしていた時は汚い格好をしていたんだけど、最後はきちんとバーテンダーの衣服を身に着けてたって話だ」

汚い格好のホームレス――。

公園で生活――。

ある情景が不意打ちのように目の前に広がった。衝撃が体の中心を貫く。すっかり忘れていた記憶が、鮮やかに立ち上がってきた。

二年前、ジェリービーンズの横浜店へ指導に訪れた。関東統括マネージャーに昇格したばかりの真知子は、意欲に燃えていた。だが、どこの店舗も女性の新マネージャーを受け入れようとしなかった。問題点を洗い出し、指導を繰り返しても次に訪問してみると、指摘したことが反映されていなかった。各店の店長は口では従順なことを言うが、真知子を見下していた。売上管理や食材の品質管理もなってなかった。

マネジメントは軌道に乗らなかった。本社からも苦言を呈されていた。真知子は常にカリカリしていた。ここでうまくいかなければ、また東北へ飛ばされるかもしれない。横浜店のやる気のない店長にもうんざりだった。店長というポジションに安穏と居座っていた。見直すこと、改革することを忌避していた。そこそこの業績を上げればそれでいいという考えだった。真知子の最も嫌うタイプの人間だ。

不快な気分のまま、駅に向かって速足で歩いていた時のことだった。公園から出てきた男とぶつかった。ホームレスの男だと即座にわかった。彼が手に持っていたカップ酒の中身が、真知子の洋服にぶちまけられた。

カッと頭に血が上った。相手がぼんやりと立ったままなのも真知子の神経を逆なでした。

「何をするの!!」

「す、すみません」

小さな声で男は謝った。酒臭い息がかかった。真知子は思わず身を引いた。ホームレスと酒盛りをしていた父親の姿と重なる。

「もう死んで」

どうしてあんな言葉が出たのか。

「え?」

相手は一瞬にして体を強張(こわば)らせた。

「死んでしまいなさいよ、あんたなんか」

あれは父親に向かって言ったつもりだったのだ。人生の敗残者となってもまだ、愚痴と言い訳しか口にしない父親に。

「そうですね」確かにあの男はそう言った。それから肩を落とした。「もっと早くにそうすべきでした」意味がわからなかった。

腹を立てながら、真知子はその場を後にした。だが今ならわかる。無精ひげに覆(おお)われ、げっそり痩せていたけれど、あの男は「霧笛」の元オーナーだった。写真を見た時、どこかで見た顔だと思ったあの男だ。

そしてあの時、真知子が着ていたのは、黒地に黄色いバラのつぼみがちりばめられた柄のワンピースだった。あれは家に帰るなり、脱いで丸めてゴミ箱に突っ込んだ。

あの男は、あれからすぐに「霧笛」で首を吊ったのではないか。真知子が発した言葉に背中を押されて。あの時男にぶつかられたのは、左半身だった。カップ酒がかかったのも、左半身だった。男は真知子の左半身を持っていってしまったのだ。

だから——真知子の体の左半分は「霧笛」に囚われたままなのだ。


本社での会議の後、湯沸かし室で痛み止めを飲んだ。

それでもまだぴりぴりした痛みは治まらない。また帯状疱疹にかかった。左半身に水疱ができて、耐えがたい痛みが続いている。だが、まだその方がいい。痛みは自分の体だと実感させてくれる。

　怖いのは帯状疱疹、あるいは帯状疱疹後神経痛が治った後だ。

こんどこそ、左半身を持っていかれるのではないか。夢の中にしかない「霧笛」の中へ。オーナーがカウンターの向こうで首を吊り、それでも次々と客が訪れるバー。

　黒いワンピースを着てカウンターに座る真知子は、やって来た客に懇願するのだ。私をここから連れ出してと。そうしたら、あなたの望みを叶えてあげるから。だけど、何度逃げ出してもまた連れ戻されるのだ。あの顔のないオーナーに。それはわかっている。

ちらりと腕時計に目をやった。午後四時二十分。これから新メニューの試食に立ち会わなければならない。だが、そう長くはかからないだろう。

　またぴりっと痛みが走る。最近、真知子はがむしゃらに働くということをやめた。早く帰って休みたい。夢の中に落ちていくのは怖いくせに、それを心待ちにしている自分もいる。「霧笛」のカウンターの奥。首を吊ったバーテンダー姿の男の前のカウンターには、黒いワンピースを着た真知子の左半身が座っている。

　あの情景を思い浮かべると、なぜかほっとするのだった。あそこが私のいるべき場所。そんな気がする。

　遠くで霧笛が鳴っている。

長い雨宿り

彩藤アザミ

彩藤アザミ　Saidou Azami
1989（平成元）年岩手県生れ。2014（平成26）年『サナキの森』で新潮ミステリー大賞を受賞しデビュー。他の著作に『樹液少女』『昭和少女探偵團』『謎が解けたら、ごきげんよう』がある。

ぽつ、ぽつ、と頬に雨粒を感じたらすぐだった。

昼前は良く晴れていたのに、いつの間にか広がっていたらしい雨雲は、予兆すらなくどしゃぶりを連れてきた。

傘は持っていなかった。さらに運の悪いことに、あたりには飛び込める建物もなければ、ビニール傘を売っていそうな店もない。

両脇(りょうわき)を田んぼに挟まれて伸びる舗装道。ときおり思い出したように車が通り、法定速度を無視した音が真横を過ぎ去ってハラハラさせられる。

一旦(いったん)戻ろうか……。

迷った末に、私は走り出した。

目指すバス停には屋根がある。

二分ほど駆け足して、丁字路にある小屋へ飛び込むと、湿った木の匂(にお)いがつんと鼻を突いた。壁に手を這(は)わせながら歩いたが、石かなにかを踏んで躓(つまず)きそうになる。

真夏はいつも、ひんやりとした空気で迎えてくれる気持ちの良い空間なのに、今日はまるで、がらんどうのほら穴のようだった。光が射さない真っ暗で冷たい空間。着ていたワンピースはもうびしょびしょだった。裾に手をかけた、そのとき。

「——すごい雨ですね」

ぎょっとして声のほうを向く。

誰もいないと思っていたら、隅に人がいた。

「いきなり降り出して、僕もさっき急いでここへ逃げてきたんですよ。困ったもんです」

「ええ、そうですね……」

私は少し頬を熱くしながら、入り口向かいの壁際に作りつけられたベンチの座面をゆっくりと両手で払って、何もないことを確認してから腰を下ろした。男とはベンチの両端に坐る形だ。

この時間、ここに人がいるなんて珍しい。

誰もいなかったら、思いきりスカートをたくし上げて絞り、いっそ靴下も脱いでしまいたかったのに。

多分、どちらかというと若いほうだろう。顔は良く見えないけれど、濁りのない声の感じからすると二十代か三十代か。

視線を感じる。

少し気持ちが悪かった。

誤魔化すように鞄の中をかき回し、ごちゃごちゃした中からハンカチを探す。なかなか見つからない。似た手触りのポーチを取り出しかけて、すぐ隣で丸まっていたハンカチをようやく取り出せた。落ち着かないまま頭や腕を拭く。

「病院の帰りですか？」

男は気さくに話しかけてきた。

「あ、僕は、医療機器関係の仕事で東京から来ていて……。しかし、このバス停『××総合病院前』っていう名前の癖に、だいぶ遠いですよね」

常々思っていたことだったので、つい笑ってしまった。

「ですよね。徒歩で四分は掛かりますし」

「全然『前』じゃないな。患者から不満は出ないのかなぁ、脚の悪い老人だって多いだろうに」

「こっちのバス停を使う人はあまりいませんから。ほとんどの人は、病院のロータリーから出るM市行きのバスを使ってるみたいです。私の家がある山のほうに行くの、この路線だけなんですけど、廃線寸前なんですよ」

向こうだって気まずいのかも知れない。

柔らかい声に、いくらか警戒が解けた。

視界の隅で男の影が急に伸び上がり、息を飲んだ。が、すぐに立ち上がっただけだと気付く。

壁に張られた時刻表の前に立ち、次のバスの時間を探して目を凝らしているようだったので、暗記している発着時刻を教えてあげたら「すごいですね」と戸惑ったような褒め方をされた。

バスはあと二十分で来るはずだけれど、この雨だし、田舎のバスは平気で遅れるから当てにはならない。

それ以上は話すこともなく、再び雨の音だけがどんどん大きくなっていった。

傘を持って出なかった私を心配して、家の誰かが最寄のバス停まで迎えに来てくれているかもしれない。

まさにバケツをひっくり返したような雨、とでも言うのだろう。この粗末な小屋も、そのうち入り口からの水で水没してしまうのではないか。

白く光った四角い出入り口から、溺(おぼ)れてしまうほどの雨水が流れ込んでくる光景を、目蓋(まぶた)の裏にイメージした。

「――あぁ……」

低く、彼が唸(うな)った。

またあの視線を感じて、軀をわずかに竦める。

かかとに何かが触れた。

びくっと足を動かして振り落とすと、大きな虫のようだった。

「こんな雨の日は、子どもの頃にあったことを、思い出します」

独り言のように彼は言った。

「中学生になっても、雨が降ると僕は異常に恐がって、学校の友達なんかに不思議がられました」

返事をしあぐねている私に、男はなおも続けた。

「でも、あんな恐ろしいものに遭ったら、そうなって当然です」

「恐ろしい、もの？」

「バスが来るまでの暇つぶしに、ちょっと聞いてもらえませんか？」

＊

——僕が小学四年か、五年生の頃のことです。

夏休みに、父の実家がある小さな村に滞在したことがありました。

といっても、僕の家は同じ県の街のほうにあったので、距離的にはそう遠くなく、祖父母とは年に五回くらいは会っていました。

しかし近い分、日帰りで会うばっかりでしたから、おじいちゃんおばあちゃんの家に泊まれることを、僕はとても楽しみにしていました。

虫取り網とカゴ、大きな水鉄砲やトランプや携帯ゲーム機、それから夏休みの宿題をリュックに詰めて……出発の前日は眠れませんでした。一週間、大自然の中を遊び回るつもりだったのです。

母も田舎が好きな人でしたから、その日を楽しみにしていました。義理の両親に非常に可愛がられていたこともあります。

けれど、なぜか父が浮かない顔をしていたのです。

思えば計画を決める前にも、夕食の席でその話が出ると「本当に一週間も行くのか？」と苦笑いしたり、「どこか温泉宿でもとって五人で旅行しようよ」と提案したり。父にとっては実家に一週間もいるなんて、景色も見飽きていて休みがもったいないのだろう。僕がそう思っていると、母も同じことを言って「もうお義母さんと予定を決めちゃったわ」と笑っていました。

村は絵に描いたような、旧き良き日本の田舎という感じでした。

祖父母の家は、百年以上前から建っているという、上から見るとL字型をした藁葺きの家なんです。老朽化した玄関や風呂場だけ増改築をしていて、もし何も手を加えないままだったら歴史的文化遺産とか、そういうものになっていたという話を聞きました。そんな価値のある物だったとは、当時は思ってもみませんでしたが。

　自分が住んでいたマンションとは大違いで、特に仏壇があることが珍しく、両親と一緒に拝むのすら、罰当たりにも面白いなんて思ってしまいました。線香に火をつけたり、りんを何回も鳴らしたりして叱られたんです。「ご先祖様が怒るわよ」と母がぼそりと言ったので、僕は並べられた三枚の遺影を見上げました。年を取った男女——祖父の両親らしき白黒写真。そして、見知らぬ子どものカラー写真がありました。

　誰？　と、一瞬胸がざわついたのですが、ちょうどその時、祖母が切ったスイカを持ってきて、訊くタイミングを逃してしまいました。

　村の住人はほとんどが老人で、僕は着いたその日からすぐ、道端で会う人々に嬉しそうに声をかけられたり、お菓子をもらったりしました。

「いいねぇ孫が泊まりにくるなんて。おばあちゃん、張り切ってたくさんご飯作っとったろ？　清ちゃんも立派になって」

　祖母と仲の良いお隣の家のおばあさんも、畑で採れた野菜をおすそ分けに来てくれました。清ちゃんとはこの村で育った僕の父のことです。

　お隣の家は、木本さん、と言いました。木本さんの家は祖父母の家とは反対に、最近建ったばかりの今風の一軒家でした。

「あんたのとこも、娘に家買ってもらって、本当良い子じゃないの」

「うちのは出戻りだから」

木本のおばあさんは言いましたが、あくまで笑い話にしつつの謙遜で、二人とも自分の子どもを自慢に思っているような、気持ちの良い笑顔をしていました。

木本さんのうちは、夫がすでに亡くなっていて一人で暮らしていたのですが、最近、嫁いでいた一人娘が離婚して、幼い娘を連れてこの村に戻って来たそうです。

彼女は看護師をしていて、貯めていたお金で老いた母と娘と、三人で暮らすための家を買ってくれたということでした。

縁側でお茶を飲みながら孫のことばかり話す二人に手を振り、僕は探検に出掛けました。

網を持って、途中バッタを捕まえたりしながら、茂みを掻き分けて行くうちに、けもの道を見つけました。

その頃は「けもの道」なんて言葉は知らなかったのですが、不思議なもので、道が続いているとそれを辿りたくなります。

よくよく考えるとおかしなものですよね。草ぼうぼうの地面に人一人分くらいの幅、土がむき出しになっている箇所が続いているというだけで、四方には木々が乱立しているものの、決して歩みを遮るものなどないというのに、その道に従ってしまう。

登下校で横断歩道の白線の上を歩くような気分でした。誰に言われたわけでもないのに「落ちたら死ぬ」とルールを決めてしまう、あれです。

道は坂の上へ続いていました。

踏み外したら死ぬ……と思いながら足元を見て歩いていると、ふと目の前に影が落ち、
何かにぶつかりました。

それは誰かの背中でした。背丈は自分とそう変わらない。

しかし、顔をあげると誰もいなかったのです。

僕は辺りを見回しました。再び前方に視線を戻したとき、坂の先に子どもが歩いてい
るのが見え、あぁ、あの子にぶつかったのか、と思いかけて違和感に足を止めました。

なんだか少し、遠すぎやしないか？　って。

すると、その子どももぴたりと足を止めます。七歳くらいの、男の子にも女の子にも
見える、丸い頭をしていました。なんだか親しみを覚えるような雰囲気で、不思議と懐かしい気持ちも感じました。

――ひょっとして、この子が例の木本さんの「出戻りの娘」の幼い娘さん？

子どもはゆっくりと振り返り、まっすぐにこちらを見ました。そして、また歩き出し、
また足を止めます。まるで、「ついておいで」と言われているかのようでした。

その時、僕は初めて随分と山の上のほうまで来ていることに気がついたのです。

空もいつしか灰色の雲が覆（おお）っていて、水分を含んだ空気が漂っていました。

麓（ふもと）の茂みで遊んでいたときに感じた村の人の気配はなく、後ろを振り返っても、けもの道の先は見えなくなっていました。

——戻ろう。

手を握ると、湿ってしっとりとしているのが判（わか）りました。

来た道を戻ればいい。そう思うのに、僕はなぜかその立ち止まったままの子から目を離すのが恐くて、前を向いたまま後ずさりしました。

後ろを向いた瞬間、何かとんでもないことが起こるのではないかという考えが、一瞬のうちに頭を満たしていたのです。

心配をよそに、しばらくすると、子どもはそのまま歩いていきました。しかも道が下りに差し掛かったようで、子どもは足から順番に、沈むように見えなくなっていきました。

安堵（あんど）の溜息（ためいき）を吐（つ）いて、僕は今度こそ後ろを向きました。

きっとこのあたりに住んでいる子なんだろう。見慣れない僕に声をかけるのが恥ずかしくて、無関心なふりで去っていったんだ。

ぽつり、とうなじに水滴が落ちます。雨が降り出そうとしていました。

ようやく、大股(おおまた)で道を戻り始めました。何を恐がっていたんだろう、そう思った矢先。

……ば、…………ば、
他に上手(うま)く言葉に変換できないのですが、こんなふうな、息が漏れるような音です。しいて言うなら喉の奥から搾(しぼ)り出したような声に似ているけれど、今思い出しても、何の音か分かりません。

左右に視線をやっても、植物があるばかり。真後ろからの音だとは判ったはずなのに、振り返ることを無意識に拒んでいました。

……ば、…………あば、ば……。

ぞっと内臓が粟立(あわだ)ちました。

この音は気のせい……。そう思おうとしても、雨粒が二つ、三つと増えるたび、地面の上を移動してくる音ははっきりと大きくなっていきました。

来ている。

絶対にあの子どもではないという確信がありました。

振り返れば何なのか判る。

けれど、僕はその場から全力で逃げることを選びました。

不気味なことに、走り出すとその何かの足音も走り出したのです。

ざっ……ざっ……、と地面を擦るようだった足音が、湿り出した土を踏みしめて走ってくる音に変わり、あの妙な声も追いかけてきました。

登ってきたゆるやかな坂を、転びそうになりながら駆け下りて行きました。転んだらおしまいだ。追いつかれる。追いつかれたら……。

全身の毛穴から汗を噴き出させながら走っているうちに、少しずつ距離が開いていったようで、麓の道に出る頃には、その何かが追いかけてくる音は遠くなっていました。

林を抜けてひらけた道に出たところで、やっと冷静さを取り戻した僕はペースを緩め、脈打つ心臓を押さえました。

あれは、なんだったんだろう？

一旦危機が去ると、もう好奇心に勝てませんでした。

早歩きしながら、そぉっと坂の上を振り返ると……。

追いかけてくる〝それ〟が、見えました。

正体を確かめようとしたことを、後悔しても遅かった。それは、両肩を揺らしながら前屈み（まえかが）になって、足をもつれさせるようにこちらへ走ってきていました。

長身で妙に痩（や）せこけた女のように見えました、腹だけがぽこっと膨らんで――そう、飢餓の人のように――ぼろぼろの長い髪の下に見える肌は白く、若いようにも、老婆のようにも見える。

けれど顔の上半分に、強烈な赤がありました。傷です。いや、肉と言ったほうが良いのでしょうか。

目のあるはずのところが真一文字に抉れて、真っ赤な肉がむき出しになっているのです。

ざあああああああっ――。

他の音を遮るように、その時にはもう、どしゃぶりになっていました。

僕は叫び声をあげながらまた走り出しました。家のあるほうへ、一目散に。

誰か、誰か助けて……!

雨のせいで皆、家の中に入ったのか、道には誰の姿もありません。やがて不自然なほど人の気配がないことに気がつきました。ここが、さっきまでいた村ではないように思えて恐ろしさが込み上げました。

びじゃっ!　びしゃっ!　びじゃっ――!

それは広い真っ直ぐな道に出るなり、すごい速さで追いついてきました。さっき広げた距離が一瞬で縮まり、すぐ背後に迫っていました。

やっと家が見え、僕は必死で走り続けました。

しかし、庭へ入ったときに駐車場に祖父の車がないのに気づきました。それでも、お母さん、お母さん!　と叫びながら玄関ポーチへ飛び込んだのですが……。

ドアには鍵が掛かっていました。

買い出し……？　みんな、車でどこかへ出かけている……？

誰か、残っていないのか？

ガチャガチャと乱暴にノブを回しながら、ついに腰が抜けました。ドアノブにぶら下がるように諦め悪く力を込めながら、振り返ると……。

それは、もう庭へ入ってきていました。

ひ……。

歯をガチガチ震わせ、近づいてくる女を見上げると、抉れた傷は、まるで今しがた出来たものかのように、真っ赤に濡れていました。

彫刻刀、ってあるでしょう？　あれの、三角刀を巨大にしたので一思いに削ったような、そんな深い傷でした。一歩、近づくごとに血が滴り落ちて、水溜りに溶け……。

軀を震わせていると、それは少しの距離を置いて、ぴたりと立ち止まりました。

ぎゅっと瞑った目を恐る恐る開けると、雨に打たれながらじっと立ち尽くし、こちらを凝視しています。

肩で息をしながら、僕の目は動かない女に釘付けになりました。

雨の音がどんどん大きくなる。それは、ポーチの二段しかない階段の縁で、持ち上げた手を伸ばそうとしてきました。しかし、見えない何かに遮られるように、宙で止まり、彷徨い、やがて下ろされました。

僕ははっとして上を向きました。女が立っているのは、ちょうどポーチの屋根のすぐ外側でした。

もしかして、これ以上こちらへ来られないのか……？

あれは、雨の境界線から両目のない顔をこちらに向けて、ずっと僕を見張っていました。ただただ直立したまま、一瞬も見逃すまいとしているかのように。

こいつは、雨の降っていないところには、来られないんだ……！

現れたのも、雨と一緒にでした。

いなくなれ……早くどこかへ行け……。

心の中で何度も唱えました。それの視線から逃れたくて頭を抱えて、ぐにゃぐにゃと、坐っているのか倒れているのか分からないようなうずくまり方をしていると、耳の奥で雨音が大きくなっていき、いつしか僕は眠っていました。


それから、軀を揺すられて目を覚ましました。

雨は上がって、湿った土の匂いが光の中に漂っていました。

「ニュースでは降水確率十パーセント以下って言ってたのに、災難だったわね」

帰って来た母は外で寝ていた僕を、からかい半分で心配し、祖母は「裏を開けておくって言ったでしょう」と、僕が風邪を引いていないだろうかと、おでこに触れたりしました。

遊び疲れていた僕は、みんなを待つ間に眠ってしまっていた。

というふうに思われていたのです。

あれはどこへ行ったのだろう。あの子もどこへ？　逃げられただろうか……いや、あの子も、一体なんだったんだろう？

夢だった、などと思うことはありませんでした。はっきりとこの眼で見て、聞いて、鉄の匂いを嗅（か）いだ記憶があったのですから。

何か証拠が欲しくて、玄関付近を探しました。

今思うと、あんなに恐ろしかったのにどうして忘れようとしなかったのか、不思議な気もします。でも恐かったからこそ、正体や所在をはっきりさせなければ安心できなかったのでしょう。

長い髪の毛や、血痕（けっこん）や、……何かないかとしゃがんで血眼になっていると、背後に土を踏む音がしました。

「なぁ」

どきっとしましたが、父の声でした。「なに？」と振り返った僕は、聞き慣れた声に一度は安堵したにもかかわらず、息を飲みました。

「お前……山で何かあったんじゃないか？」

平静を装った、引きつった顔。後にも先にも父のあんな顔を見たことはありません。

「何、って」

「雨が降っただろう。ここらでは、雨が降ると……」

「あ、雨が、降ると……？」

「見たのか、見てないのか？」

静かな声で真っ直ぐに言われて、僕は小さく頷（うなず）きました。

父は大きな溜息と共にしゃがみこんで、両手で顔を覆いました。

「あばだすまだ」

子ども心にも、父が悪ふざけをしているんじゃないことは分かりました。

「それ、その……お腹（なか）の出た、女の人みたいな……？　あれ、なんなの」

「わからない」と父は言いましたが、それはあくまで前置きでした。

父がこの村で育った子どものころから、あれはいたのだと言います。

いつからいるのか、どうしているのかは村一番の年寄りでも知りません。けれど、雨が降ったら外へ出ないように、ということをこの村で育った人間は暗黙の了解として守っているのだそうです。

「でも、うちのじいちゃんばあちゃんはな、そういう風習があるのは知っているけど、ちゃんとは守ってない」

「どうして？」

「二人は昔、この古い家を気に入ってよそから移住してきたからだ。あばださまはな、子どもの前にしか現れないんだよ」

悔しそうな響きが滲（にじ）んだ声でした。

「わかってないんだ。回りの人たちに合わせて守っているふりをしてるけど、少しも深刻じゃない。変なことが起きたって、何も疑わないで……」

父は、あばださまを見たことがあるに違いありません。

きっと子どものころに。

「お前、もう帰る日までうちで遊ぶようにしなさい。お父さんも、天気予報が晴れでももう遠くへ出かけたりしない。家から出ちゃ駄目だぞ。約束だからな」

それから三日間、図鑑を眺めたり携帯ゲームをして過ごしました。

「なぁに、ゲームばっかりして、昆虫採集するんでしょ？　自由研究に」

母は緑の山と入道雲を指差し、もったいないと子どもみたいに唇を尖（とが）らせました。

あの事件の翌日こそ、空が翳（かげ）って来ただけで身震いが起きるくらいだったのに、恐怖は喉元を過ぎ去ると薄れ、僕は退屈を覚えていました。

母に言われるまでもなく、外へ遊びに行きたかった。夏休みになる前、クラスの友達と、自由研究は昆虫標本を作ろうと決めていて、誰が一番立派なカブトを捕まえられるか勝負しようという話になっていたのもあります。この田舎村へ来られることになって、僕は密かに一番になれると確信していたので、何も捕まえないまま帰ることだけはしたくありませんでした。

実家での父は何もせず、のんびりしていることが多かったのですが、その時はたまたま祖父を手伝って畑仕事をしていたので、僕を止める人はいませんでした。

高く晴れ渡る空に誘われて、僕はもう一度虫を捕りに行くことに決めました。雨が降ると来る、というなら、雨さえ降っていなければいい。

流石にあのけもの道にまた行く気はしませんでしたから、家からそう遠くないところで林に入りました。

網を手に追いかけ始めるとすぐに夢中になって、あのことは忘れてしまいます。

カゴの中にはモンシロチョウやギンヤンマが入りましたが、なかなかカブトは見つかりませんでした。夕方まで粘って、祖父に貰った秘密兵器……蜂蜜とガムシロップを混ぜた蜜を取り出し、樹の幹に塗りました。その時にはもうはっきりと、明日もここへ来ようと思っていたのです。

ふと、空が曇っているのに気がつきました。急いで帰ると、家に着いてから二十分ほどで雨が降り出して、それから父が帰ってきました。虫カゴは、自分に割り当てられた部屋の文机の下に隠してしまったので、僕が出かけていたことに気付かれはしませんでした。

何事もなく夜になり、みんなで夕飯を食べて、お風呂に入って、部屋へ下がりました。

宿題の絵日記を描きながら、ふと、山で見た子どものことを想いました。

どこかで最近、ごく最近に、見たような気がしてきたのです。

山で見たときの真正面からの顔。あれを僕は絶対にどこかで見た。

もちろん知り合いでもないですし、この村で喋った人たちの中にも子どもは一人もいませんでした。それなのに、誰かに似ているような気がしたのです。考えを巡らせるうちにやがて僕は、部屋に置いてあった手鏡を摑んで覗き込みました。

ぞっとしました。

自分に似ているような気がしたのです。

変なことを考えるのは止そう……。

気分を切り替えるために、捕ってきた虫を早速標本にしてしまおうか、と虫取りカゴに手を掛けました。しかし、その時。

ず……、ざっ……。

襖のほうに顔を向けました。僕の部屋は、一階の縁側沿いにありました。真夏の田舎です。雨もぱらぱらとしか降っていなくて、縁側を濡らすことはなさそうだったので、よろい戸も開いたままでした。

襖一枚隔てた向こうはもう屋外です。

畳の上に坐っていた僕は慌(あわ)てて、ざすざすと手足を動かしました。けれどすぐに落ち着く努力をして、耳をそばだてます。

ざ……ざ……、と濡れた砂利を踏む音でした。

肋骨(ろっこつ)のすきまからぞおっと冷気が入ってくるようでした。音から一つでも多くの情報を得ようと集中すると、自分の呼吸の音すらも邪魔で……。

音は、玄関のある方向からこっちへ庭を回り込んで来るようでした。

みんなはまだ居間にいます。カゴのトンボがぶぶと暴れました。やがて足音は止まり、僕は呼吸を整えて、四つん這いで襖へ近づいていきました。

やはり、正体や居場所が分からないほうが恐いのです。

ただの野良猫(のらねこ)かもしれない。震える心臓を押さえながら、襖を数ミリ開いて外を覗きました。

空耳であってくれ、という祈りは虚(むな)しく、塀のすぐ側(そば)に立っていたのは、あばださまでした。塀のもっと向こうには、田んぼを隔てて木本さんの家のベランダが小さく見えました。

それは、雨に血を溶け出させて衣服の上半分を染め、向かって左から右へと、砂利を踏みしめて通り過ぎて行きました。見えていないはずの目を動かしているのか、音のするほうに耳を向けているのか奇妙に頭を揺すりながら歩いていったのです。

もしかして、僕を探してる……？

背中に汗が噴き出し、畳の目を見つめて、呻きたい喉を抑えました。

ひとまず、視界からいなくなってほっとしたものの、僕は襖から顔を背けて膝を抱えました。

もういなくなっただろうか？

誰か、誰か居間から来てくれないか。

何でも良い、宿題は進んでいるかとか、まだ寝てないのかとか、そんな理由で怒られていいから、一人にしないで……。

……そうしてどのくらい経ったのか、分かりません。時間が過ぎたことは唐突に尿意が湧いてきたことで気がつきました。

襖へ耳をつけて息を殺すと、雨の音はさっきより弱まっていました。開いたままだった襖の、紙の厚さほどの隙間を覗くと、庭にはもう誰もいなくなっていました。はち切れそうだった心臓が一気に萎んだかのように、僕はぐったりと脱力して、ふらふらと柱に手を突いて立ち上がりました。

お父さんに、ちゃんと教えてもらおう。

音を立てないように襖を引き、僕は十センチほどで手を止めました。いや、手が止まりました。

開けた真正面にあばださまの顔があったのです。

――うわあぁぁーーーっ……！

僕は後ろに倒れて尻餅（しりもち）をつきました。

その音であばださまは突き出した首を軋（きし）ませるように傾（かし）げました。

脚にも腰にも力が入らず、後ろへ這いずろうとしましたが上手く動けなくて、厭（いや）でもそれの姿が視界を覆い尽くしました。

縁側の床板は半分ほど濡れていました。気付かないうちに、雨はそこまで吹き込んできていたのです。

あばばば………。

音は興奮したように大きくなって、虫の翅音（はおと）のようにも聞こえました。痩せぎすの手が伸ばされます。

指先は雨の境界線でぴたりと止まりましたが、僕は無我夢中で畳の上をのたうっていました。

けれどそこへ、

――なぁに大声出して、いいかげんに寝なさい。

母の声が近づいてきました。

いつの間にか、畳の上を這いずっていた僕はひゅうひゅう鳴る喉で呻きながら、両手を軀の前に構えてきつく目をつむっていました。

「うるさいってば、何かあったの？」

しゃあっと襖を開け放して、部屋に入ってきた気配。

だから母がやってくるまで、あれがどうしていたのか、どうやって消えたのかも分からないのです。恐る恐る四つん這いで廊下に顔を出すと、もういなくなっていたのですから。

僕の側に母が膝をつき、怪訝（けげん）そうに頭を撫（な）でてくれました。糸が切れたように、今さら震えがやってきました。

僕は恐くて恐くて、すべてを正直に話すことにしました。

もちろん、笑われましたよ。

信じようとしない母に、父を呼んでくれと頼んで、じっと膝を抱えていました。母に連れられて部屋まできてくれた父は、僕が「またあれが……」と外を指差しただけでさっと顔色を変えました。

「今すぐ、帰ろう」

困惑する母に頷いて、父は僕を立たせました。

「え……ちょっと待ってよ、急に何？」

「村を出ないといけないんだ。何かあってからじゃ遅いんだ」

母は何の冗談だと呆(あき)れた顔でいましたが、父が本当に今すぐ帰るつもりなのが分かると声を潜めました。

「何かって何？　あなたまで変なこと言わないでよ。こんな夜中に出てくなんてお義父(とう)さんたちも何事かと思うでしょ」

「じゃあ、悪いんだけど、お前は残って上手いこと言っといてくれよ。この子が熱を出して、俺が夜間救急に連れてったとか」

「何よそれ、ちゃんと説明して……待って――！」

父に手を引かれ、僕もその腕にしがみついて軀一つで玄関を出ました。流石の母もただならぬものを感じたようで、それ以上は騒がずに玄関までついてきました。

父が車のキーを押してライトを光らせると同時に、祖父母が気付いて居間からきょとんとした顔を出しているのが見えました。

「明日、迎えに戻ってくるから。後でちゃんと話す」

父が母に耳打ちしたのが聞こえました。

雨の続く中、僕はがたがたと辺りを見回しましたが、大きな手に肩を抱かれました。

「大丈夫だ、あれは大人の前には現れないんだ。村を出てしまえばもう追って来ない」

ことさらに明るく父は言いました。

「本当？」

「本当だ。お父さんがいるから、絶対に大丈夫だからな」

車は村を滑り出て、細い山道を下って行きました。

「行きはよいよい帰りは恐い」という歌がありますけど、あの時のことにぴったりだったなって、今振り返ると思うんです。

来るときはあんなにわくわくした緑輝く道が、ひたすら不気味に思われて、雨音にもうんざりとしてきたんですから。

父は無音を排そうとラジオをつけて、慎重に運転していました。片側が急な斜面になっている道は、闇がせり上がってくるみたいでした。

「あばださまは、どうして僕を追いかけてくるの？」

助手席のシートの上で膝を抱えながら聞きました。

「子どもならみんな狙(ねら)われるんだよ、あれは、そういうものなんだ。連れて行かれてしまう」

「連れて行かれたら、どうなるの？」

「わからない…………けど、戻ってこない」

「山の中で、僕、子どもを見たよ」

「そんなはずない、今この村にはお前と木本さんとこのちっちゃい子しか……」

自分の声がどくどくと脈打つ軀の中に逆流してしまいそうでした。

「小学一年生くらいの子で……、僕に少し似てる」

車ががくんと揺れました。

段差にハンドルを取られたようでした。

わっ、と声を上げた僕の視界で、唇を引き結んだ父の顔がぶれました。

「それ……もしかして仏壇にあった写真の子じゃないか？」

ほとんど溜息に近い声に、僕はぴしゃりと額を叩かれたかのような気がしました。

そうです、どこかで見た気がするとずっと思っていたあの顔は、仏壇の遺影の一つでした。

「あれな……お父さんの、弟なんだよ」

雨は再び強くなっていきました。

「子どものころに、山で遊んでたら雨が降り出して……、あれが、出て……夢中で逃げてたら……気付いたら、俺一人になってて……」

唇を青ざめさせた彼は、さっきの頼もしい父とは別人のようでした。

「……結局、遭難したってことになってな……両親は――じいちゃんばあちゃんは、俺の言うこと信じてくれなくて……何度目かにぶん殴られた。『もうその話をするな』って。二人とも、俺が何か後ろめたいことがあって誤魔化してると思ってたっぽいんだよな……。いや、当然だよな……そんなわけのわからないものにどうかされたなんて……」

だから「事故」って思ってるし、村人が「あばださま」のことを言っても信じてない……。

父がそう言い終ろうとしたときでした。

ヘッドライトの中に、うなだれたように立つ、腹の膨れた影が映ったのです。

父は急ブレーキをかけながら斜面と反対方向にハンドルを切りました。車体が大きく揺れ、あたまが真っ白になり、一瞬の衝撃のあと、フロントガラスの向こうに、太い幹とへこんだボンネットが見えました。

衝撃はそれほど大きなものではありませんでした。僕は無傷でしたし、道を逸れて、近くの樹にぶつかった、という事故の様子は目で追える程度のスピードだったので。

「……お父さん？」

でも父はぐったりとしていました。揺すっても目を覚ましません。

僕はパニックに陥りました。交通事故の怪我人は動かしてはいけないなどと、中途半端な知識が邪魔をして、何も出来ないまま不安ばかりが膨らんで行きました。

息があるのはわかりました。とにかくこのままではまずい。急いで手当てをしないと死んでしまうかも……。

　後からわかったのですが、その時父は、曲がるときの遠心力で窓に強く頭を打って、脳震盪（のうしんとう）を起こしていたのでした。

　僕は窓から外を見渡しました。雨は止むどころか、次第に強くなってきています。それでも僕は祖父母の家に助けを呼びに行こうと決めました。

　そっとドアを開け、道へ戻ります。明かりのない山道はひどく暗く、誰もいない。足音を忍ばせて――誰もいないのに――来た道を戻って、だんだんスピードを速めました。事故現場からだいぶ離れて、このまま落ち着いて走るんだ、と一人で頷いたとき……。

　さっきまで進んでいた方向から、何かが近づいてきました。

　そして例の音……。

　僕は目を見開いて、またスピードを上げました。

　祖父母の家を出てから、まだ数分しか経っていませんでしたから、そんなに離れてはいない。振り返る暇があるなら少しでも早く逃げなければと、僕は一度も追いかけてくるものの正体を確かめようとはしませんでした。

　ゆるやかな傾斜の坂道を走り、心臓が壊れそうなほどに全身を熱くして走って、それでも距離を詰められているのが音でわかりました。

あの音が、もうすぐ後ろに……。

焦ったせいもあって、僕は足を滑らせて転びました。駄目だ、止まるな、言葉にはせずに心の中で叫んで、素早く立ち上がろうとしたのですが、冷たいものが、右手首を摑みました。

横を向くと、首を直角に曲げて真横になったあばださまの顔面がありました。

真一文字に深く抉れた目元から、血が溢れて地面に吸われ……、視界が、赤、赤、赤に埋め尽くされて……。

僕は悲鳴を上げて、腕を振り回しました。すると運よく、暴れた僕の足が偶然それの腹を蹴り上げ、一瞬力が弱まったところを振りほどくことが出来たのです。

さっき以上に無我夢中で走り出すと、やっと村の入り口が見えてきました。

祖父母の家はもうすぐそこです。村は、夜であることを差し引いても、まるで廃村のように静まり返っていました。

あ、あ、ば、ば、ば、……。

後ろからはまだあの声がついてきます。大声を上げて母を呼びました。叫びながら家を目指しました。けれど、あれはもうすぐ後ろにいて、捕まったら今度こそ最後だという気がしました。すでに心臓は限界で、呼吸が苦しくなっていました。

伸ばされた手の爪の先が、心臓にかすったような錯覚を覚えました。

これ以上は無理だ。僕は、畑を挟んで祖父母の家の一つ前に建っている木本さんの家に逃げこもうと、急カーブをかけました。

門柱に手をかけてぐるんと敷地へ滑り込み、ドアノブに手を伸ばしたのですが、鍵が掛かっていました。突然曲がった僕を追いきれず、道の先へ走りすぎていたあれが、ゆっくりと戻ってきました。

ピンポンを鳴らしても、灯りは点いているのに反応がありません。

あれが、「追い詰めた」と言わんばかりに歩いてきます。あ、ば、ば……、と洩らす口元は、心なしか笑みの形に見えました。この家の玄関に屋根はありませんでした。

僕は家屋を回って逃げ出しました。

脇へ入ると明かりの点いた部屋の掃き出し窓があり、激突しながら横へ引くと、するりと開きました。

助かった！

あれの足音が速まります。

ずぶ濡れのままレースのカーテンに突っ込んだら、硬い何かにぶつかりました。

細くて硬いもの、と思った瞬間にそれは僕の背中に倒れてきて、肩甲骨をしたたかに打ちました。

痛みなどに構っている場合ではなく、僕はそれの脚の隙間から這い出して、そのままカーテンを掻き分けて家に上がりこみました。

けれど、背後でごん、と転がり落ちたものが踵にあたって、流石に振り返ったのです。

僕はあ然として、それを見下ろしました。

赤ん坊でした。

ピンク色のロンパースを着た、生後数ヶ月くらいの女の子です。

僕が勢い良く突っ込んで倒したのは、窓際にあったベビーベッドだったのです。

木本さんの娘さん、というのがこんなに小さいとは思ってもみませんでした。それが、あの高さから……。赤ん坊は窓際すれすれでぐずり始めました。

うろたえた僕は手を伸ばしかけたまま声を失いました。

だって、その時にはもう窓の外にあばだささまが立っていたんですから。

雨が入り込むところまで、それはゆっくりと首と手を伸ばしてきて、赤ん坊に覆い被さるように覗き込みました。

赤ん坊が声を高くすると、廊下の奥から、呑気に返事をする若い女性の声がして、それから、ざばーっと水を流す音がしました。

僕は部屋の角にあった別の窓へ走りました。

背後から、猫を踏み潰したような絶叫が聞こえたのを最後に、窓を開けて桟から飛び降りました。門を出るときに、もう一つ女性の悲鳴も背中に浴びながら……。

そこからは嘘のように簡単に祖父母の家へ帰りついたのです。

救急車を呼んでもらってすぐ、僕は倒れこみ、気がつくとマンションの自分の部屋のベッドにぼんやりと坐っていました。

本当は、僕も父と一緒に病院で検査を受けて一晩入院したらしいのですが、その時のことは全然覚えていません。

……そう、そこの病院ですよ。

僕の実家のマンション、M市にあるんです。

祖母が、憔悴した僕を見て「熱出してこんなふらふらなのに、お父さんのために頑張って……」と鼻をぐずらせていたらしいです。

ずっとずっと部屋に閉じこもって震えていました。

最後に聞いた母子の悲鳴が、いつまでも耳にこびりついていたんですから。

両親は、僕の前ではあの村でのことを一切話しませんでした。けれど日々が過ぎる中で、漏れ聞こえた二人の会話から、徐々にわかってきました。

事故の夜、お隣の家にも何者かが入り込んで、幼い娘が大怪我をしたそうです。その時、おばあさんはもう寝ていて、お手洗いに行っていた母親が部屋へ戻ってくると、何者かは逃げて行った、という話でした。

それ以上の詳しい話を、木本さんは誰にも語ろうとしなかったそうです。

＊

雨脚は強くなるばかりだった。

私は語られた話をどう受け止めていいものか分からず、ただ髪が太るような想いでいた。

「手首を摑まれたときの痣が、今でも残ってて……」

腕まくりをする衣擦れが聞こえた。

「不思議なことにね、ここだけいつも濡れてるような感じがするんです。拭いても拭いても湿った感じが消えなくて、皮膚感覚の異常……らしいんですけど、病院に行っても原因不明で。もう慣れましたけど、たまにふっと気持ちが悪くなって、搔き毟りたくなる……」

ぼやけた視界に、真横から肌色のものがぬっと現れた。

「でも、あなたにはどんな痣か見えませんよね……」

泣きそうな声で男は言った。

雨の寒さのせいではない悪寒が全身を覆った。歯の根が合わなくて、いや、何の言葉も浮かばなくて、返事ができなかった。

私は母から、自分はごく幼い赤ん坊の頃、家に入り込んできた変質者に両目を切りつけられて弱視になったと聞いていた。

だから、今までただの一度も普通の人と同じ光景というものを見たことがない。「見える」ということが、どういうものかも良くわからない。

母は、母だけでなく祖母も、そのことについてはほとんど触れなかった。

あまりにも凄惨(せいさん)で、しかも私の物心つく前の話だ。犯人も捕まっていない。だからだと思っていた。

サングラスの下に指先を這わせると、真一文字の乾いた傷がある。

回りの人からは、サングラスをすれば傷は隠せている、と言われていたが、本当はそうではないのだろう。

彼はレンズの隙間から私の傷を一目見て、判ったのだから。

椅子が軋む。

彼は今どんな顔をしているのだろう。

………言いわけ？

……贖罪(しょくざい)？

誠意……。

それとも好奇心なのか……。

「あの……！」

と、口にした一言は何にも吸収されず、さっきとは微妙に違う響き方をした。

「あ……」

すでに彼がいなくなっていることに気がついた。

耳を澄ますと、水溜まりを踏む足音が遠くで掻き消えそうになっていた。

彼の真意はわからない。

なんにせよ、話さずにはいられなかったのだろう。

ふいに目から水が溢れてくるような感触がしたが、もちろん涙ではなかった。知覚の異常は私のここにもあるのだ。ずっと昔から、常に濡れているような感触があって、どこか神経を傷めたせいだろうと言われていた。

感じる水分の量はその時によってまちまちだ。

プシュー、と大きな溜息をついて、バスが停車する音がした。

壁に手を突いて立ち上がったとき、よろけそうになったけれど、何も考えずとも軀に染み付いた動きで乗り込むことが出来た。

いつも通りの、寒いほど広々とした一番後ろの席。

目のせいで、長いこと定期的にあの病院に通っているのだから、唐突な告白に頭の中がぐちゃぐちゃになっていたくらいでは、帰り方を忘れたりはしない。

　何も変わらない。あんな話を聞かされたって。

　赤ん坊の頃に失くしたものなんか最初からないのと同じだ。私の網膜には、惜しむような景色は一つも残っていな——……。

　目の奥でぐちゃりと何かが潰れたように、視界が覆われた。

　違う、一面の赤色に侵された。

　色は、判る。輪郭も奥行きも判らなくとも、鮮烈なあの色は知っている。

　血の色だ。

　どくどくと、頭蓋の中に心臓が出来たみたいに脈打った。痛くはないのに、傷から液体が溢れて止らないような感触がして、あの男が言ったように掻き毟りたい衝動に駆られた。

　車体ががくんと揺れた。バスが何かを踏んだのか。

　一瞬、おぞましい顔が脳裏に浮かんだ。

　その画が、ぱっと消えたかと思うと暗転し、今度はもっと近づいて、上から覗き込まれていた。

　鼻が見える、歯のない口が見える。抉れた深い傷から鮮血が滴り、私の頬に落ちた。

　記憶の奥へ封じ込めていたものがフラッシュバックしたのだとわかった。

ぼやけていない視界。

あれほど見たいと思っていた、正常な視力での光景なのに。

背後にある隙間が急に気になって、私は肩を強張らせながら背凭れにぴたりと軀を倒した。

他の景色を何一つ覚えていないのに、よりによって唯一の記憶があんなものだなんて。

それとも醜悪に思えたのは、私が普通の人間の顔というものを知らないからだろうか？

わからない。

あの傷が二つの目に変わったのが普通の「顔」だというのなら、人間の顔など見えなくて良かったとすら思う。

シュー……とまた独特の音を立ててバスが停車した。

運転手の顔は、いつも通り黒と肌色の丸だった。

降りると雨はさらに強くなっていた。意味はないと知りつつも頭の上に手の平をかざしたときだった。

ば……ば……。

空耳のような気もした。
ずっと遠くからの空気の揺れのような気もした。

あばば、ば、ば……ばばばばば……。

バス停のすぐ後ろに、三人掛けの椅子（いす）がついた粗末な四阿（あずまや）がある。かざした手の平を下ろしながらすぐに入り込んだら、遅れて膝が震え出した。
あくまで一瞬のうちのことで、端から見たらバスを降りてまっすぐ四阿に入ったように見えただろう。

…………………。

視線を感じる。
けれど、〝それ〟はそれ以上動く気配を見せなかった。
動かないだけでなく、何の意思も感じない。
ただただ、そこで棒立ちしているようだった。
——彼の話では、「大人の前には現れない」ということだったけれど。もしかして、見えていない私に近づいたところで、姿を現したことにはならない……のだろうか？

今まで、雨が降っているときに外を歩くことは稀（まれ）だった。

村では珍しいことではなかったから。

毎日M市の学校へ通っていた中高生の頃も、雨の日は必ず送り迎えをしてもらっていたが、それも私が弱視だからだと思っていた。

両肩を抱き締めてその場にうずくまった。コンクリートの基礎部の冷たさが腿（もも）から染みてくる。

あの男の前にはもうけっして現れないのだ。

それなのに……。

目の前に満ちてきた赤は、じんわりと暗褐色に濁っていった。

どこかに手を突いて立ち上がりたいのに、柱や椅子のあるところは屋根の端にあるのだと思うと、どうしても近づくことが出来なかった。


いる。

現れないけれど、いる。

気付かなかっただけで〝それ〟はずっと私のことを……。

四阿の真ん中で、じっと強くなる雨音を聴いていた。
大丈夫……。
母か祖母が、もうすぐ傘を持って迎えに来てくれる…………。

涸れ井戸の声

澤村伊智

澤村伊智　Sawamura Ichi
1979（昭和54）年大阪府生れ。2015(平成27)年『ぼぎわんが、来る』で日本ホラー小説大賞を受賞しデビュー。'19年「学校は死の匂い」で日本推理作家協会賞〈短編部門〉、'20年『ファミリーランド』でセンス・オブ・ジェンダー賞〈特別賞〉を受賞。他の著作に『ずうのめ人形』『うるはしみにくし　あなたのともだち』など。

この原稿の大半は、小説家の先輩が書いたものだ。仮に西村亜樹（にしむらあき）さん、としておこう。名義や本名のもじりではないから、ここから本人を突き止めることはできない。とある新人賞を受賞してデビューした人だが、ぼくが受賞したものとは違う。ホラーを中心に書いていたことだけは明記しても構わないだろう。

過去形にしたのは、彼女はもう小説を書くことはないからだ。公式に断筆なり引退なりのアナウンスはしていないが、ぼくは彼女から直接「小説家は辞めた」と聞いている。三ヶ月前のことだ。彼女はその後すぐ東京は三鷹（みたか）の自宅を引き払い、現在はパートナーである男性の実家で暮らしている。

ぼくは少しばかり引越しの手伝いをしたが、別れ際（ぎわ）に彼女からUSBメモリを受け取った。長いこと使っていたのだろう。本体部分の緑色の塗装が半分ほど剝（は）げていた。

「未発表の原稿です」

亜樹さんはそう言って、結んでいた髪をほどいた。がらんとした明るいリビング。パートナー氏は小さな庭の掃除をしていた。

「ネタに困ったら使ってください。香川くんはそういうの、平気ですよね」

後輩のぼくにも彼女は敬語で話す。そしてぼくのことを本名で呼ぶ。穏やかではあるが摑みどころがなく、賑やかなところにもあまり顔を出さない。ぼくと彼女が交流するようになったのは、とある官能小説誌の編集者の披露宴で、席が隣だったことがきっかけだった。

「よくご存知ですね」

ぼくは笑った。ものの弾みでデビューした人間だ。生活のために小説を書いているだけで、作家の矜持など持ちようもない。剽窃や使い回しはもちろん言語道断だが、個性や作家性を打ち出そうなどと思ったことはなく、先輩や同期に相談してアイデアをもらったことは何度もある。

「著作権は放棄します。香川くんの作品ということにしてもらって構わない。あと、下手に気を遣って中途半端に改変なんかしないでください」

ぼくは首をかしげた。「発表してくれ」という意味にも受け取れたからだ。単なるネタ提供ではない、そんな含みを感じた。

こちらの気持ちを読み取ったのか、彼女は小さく笑った。

「使う使わないはお任せしますけど——香川くんには読んでほしいな」

わずかに口調が砕けていた。

小説家を辞める理由を訊く（き）なら今しかない。そう思ったが訊けなかった。度胸も勇気もない自分が改めて厭（いや）になった。

ここからの文章は、ＵＳＢメモリに入っていた彼女の原稿から引き写したものだ。もちろん彼女の名義は「西村亜樹」に書き換えてある。タイトルは記載されていなかったが、文書ファイルには「例の小説に関して」という名前が付いていた。

※　※

西村亜樹先生
はじめまして。去年、近くの書店で偶然先生の作品に出会い、すぐに全（すべ）て拝読しました。最新作の書き下ろし長編『喪（うしな）われた島』、とても怖くて布団（ふとん）の中で震えながら読みました。
大学のゼミの人たちと、アルバイト先の居酒屋で、先生の作品の布教に努めています。読んだ人はみんなとても怖がっていますよ。
雑誌（文芸誌って言うんでしょうか）掲載の短編も、お金に余裕がある時は買って読むようにしています。

今年のはじめ『ＳＦマガジン』に載っていた「ジェミノイドの見る夢」も怖くて面白かったです。人間とアンドロイドの区別はどこにあるのか、分からないのが特によかったと思いました。
でも、一番怖かったのは『小説新潮』の特集にご寄稿された「涸れ井戸の声」です。思い出すだけで冷や汗が出てきました。特に主人公が井戸を覗き込むところが……駄目です。これ以上書けません。いずれ短編集にまとまると思いますが、怖すぎるので買わないかもしれません（ごめんなさい）。
これからもますますのご健筆をお祈り申し上げます。

『小説新潮』編集部の担当、三井さんから転送されたメールを読んで、わたしは首を捻った。名前を書き漏らしていることも気になったが、それよりずっと不可解な点が一つある。

わたしは「涸れ井戸の声」などという小説を書いたことはない。

文面から察するに短編だろうけれど、パソコンにもバックアップの外付けＨＤＤにもそんなタイトルの原稿はない。念のためこれまで寄稿し献本された『小説新潮』すべてを確認したが、「涸れ井戸の声」なる短編は載っていなかった。つまり別の作家が書いたものを、わたしの作品だと勘違いしたわけでもないらしい。

三井さんもメールに「変ですね」と書いていた。編集部に配属されて八年になるそうだが、その間、同タイトルの短編を掲載した記憶はないという。

「お手すきの時で結構ですので、バックナンバーを確かめていただけますでしょうか」

わたしは返信にそんな一文を付け加えていた。

気になっていたからだ。

というより「悔しかったから」と書いた方が正しいのかもしれない。

もちろん読者さんからの応援はありがたい。ネットレビューやSNSでの感想を見る習慣はないから尚更だ。これからも頑張ろうと思える。

だが、今回のメールを読む限り、わたしのどの小説より「涸れ井戸の声」の方が面白かった、ということになる。

わたしの小説より怖かった、ということになる。

やはり「悔しい」と言語化した方が誠実だろう。わたしは悔しかった。「そんなに怖いなら読んでみたい」とも思っていた。単なる興味、好奇心からだけではない。確かめてみたいからだけでもない。読者さんが感じた恐怖を推し量って、自分まで少し怖くなっていた。

三井さんからメールが届いたのは二日後のことだった。

「涸れ井戸の声」などという作品は掲載されていなかった。井戸が出てくる話すら見つからなかった。おそらく他の雑誌に載った、別の方の作品でしょう——

　簡潔な報告を読んで、わたしはこう返信した。

「大変お手数ですが、読者の方に下記転送していただけますでしょうか」

〝下記〟はお礼と問い合わせだった。メールありがとうございます、とても励みになります。差し支(つか)えなければ「涸れ井戸の声」について詳細を教えてください。どの媒体に何を寄稿したか忘れることがあり、また納品した原稿を消去してしまうことも稀(まれ)にあります。内容も書き終われば頭の中から消えてしまいます。今回もきっとそのケースだと思います……

　言い訳がましい、回りくどいのは百も承知だった。それでも知りたくなっていた。

西村亜樹先生
お返事ありがとうございます。先日編集部宛にメールをお送りした者です。

本当にごめんなさい。

「涸れ井戸の声」ですが、あれから調べたら、持っている『小説新潮』には載っていませんでした。先生の「ロードサイド怪談」は載っていました（後半で幼馴染(おさななじみ)が豹変(ひょうへん)するところが怖かったです！）

　他の雑誌にもなかったので、記憶違いだと思います。

でも不思議です。たしかに先生の名前で「涸れ井戸の声」という小説が載っていたのです。内容もはっきり覚えています。

主人公の男性が妻に先立たれ、失意の中で訪れた地方の寒村で、古い井戸を見つけるというものです。そこを覗き込んだ時（これ以上は書けません）。

読んだその日は眠れませんでした。久しぶりに母親と一緒の部屋で布団に入りました。

先生はどうしてこんな恐ろしい話を考え付いたのだろう、形にしたのだろうと思いました。こんな怖い思いをさせられたことに対して、ちょっと怒ってもいました。もちろん尊敬の念はありましたし、今もそれは変わりません。

混乱させてしまって申し訳ありません。

先生の更なるご活躍をお祈り申し上げます。


読者さんはまた名前を書き漏らしていた。女子大生であること、母親と同居していることはこれまでの文面で分かったが、だからといってどうにもならない。

「あまり勘繰りたくはないですが、いたずらかもしれませんね」

転送されたメールの末尾に、三井さんはそう書き加えていた。わたしもその可能性を疑っていた。

読者を名乗る人物からの投書は、好意的なものばかりではない。

知識では知っていた。誹謗中傷、卑猥な文言、何度読み返しても意味が分からない支離滅裂な妄言。ネットが普及して激減したものの、小説家や編集部宛にそうした文書が届くことは未だにあるという。最近はとある文学賞を受賞した大御所女性作家に、殺害予告のメールが数十通も届いたことがあったらしい。逮捕された送り主は「デビュー当初から愛読していたファン」の男性で、失業した四十代半ば頃から、女性作家に憎しみを抱くようになったそうだ。

表沙汰になっていないのは男性が出版関係者だからだ、いや政治家の息子だからだ、と憶測が業界内で飛び交っているが、本当のところは知らない。

このメールも規模こそ違えど似たようなものかもしれない。パッとしないホラー作家と、編集部をからかう目的で送ったものかもしれない。軽い気持ちで書いたものではあるのだろう。少し調べればすぐばれる嘘だ。身の危険を感じるような内容でもない。

「そうかもしれませんね。お手を煩わせてしまい申し訳ありませんでした」

三井さんに返信してわたしは仕事に戻った。再来年刊行予定の書き下ろし長編のプロットだ。来週には担当に送らなければならない。高校を舞台にした学園ホラーで、わたしとしては新機軸に当たる。

夕食を取らず深夜まで粘っても、ほとんど進まなかった。夫の良平に「寝たら」と促されるまで、進まなかったことにすら気付かなかった。

頭の中で「涸れ井戸の声」のことがずっと巡っていたからだ。

そして「怖い話」全般のことも。


残念だよ、『シェラ・デ・コブレの幽霊』はそんなに怖くなかった——

カナザワ映画祭で特別上映された伝説のホラー映画を観た、ホラー系のライターさんの感想だ。彼はとても落胆していた。長い間とても楽しみにしていたのに、と肩を落としていた。他の人の感想も似たり寄ったりで、総じて「期待したほどではなかった」というものだった。

『シェラ・デ・コブレの幽霊』はアメリカの怪奇映画だ。テレビシリーズのパイロット版として製作され一九六四年に放映される予定だったが、本国ではお蔵入りになった。そして日本を含む海外に貸し出され、各国でひっそりとテレビ放映された。それが六十年代後半のことだ。

時を経てこの映画は伝説化する。「子供の頃にテレビで見てトラウマになった怪奇映画」「今は観ることができない映画」として、好事家の間で噂になり、少しずつ広まっていったのだ。多くの人が知ることになった契機は二〇〇九年、テレビ番組『探偵！ナイトスクープ』で取り上げられたことだ。映画ライターの添野知生氏がフィルムを所有しているが、権利問題が複雑なため日本でソフト化することは難しく、限られた形でしか観ることができない。

当のテレビ番組では出演者たちが、上映されたフィルムを鑑賞し慄（おのの）く姿が映し出されていた。

映画監督であり脚本家である高橋洋（ひろし）氏は、この作品の予告編をテレビで観た時の衝撃を忘れられず、映画『女優霊』の脚本を執筆した。Ｊホラーの草分けと評価される作品の一つだ。

主人公である若き映画監督は、撮影したフィルムに奇妙な映像が紛れ込んでいることに気付く。役者の服装から察するに、大昔の日本映画の一部らしい。

彼はこの映画に見覚えがあった。子供の頃に一度テレビで観た記憶があった。だが真相を調べていくうちに、彼は意外な事実に突き当たる。

高橋洋氏は自身が『シェラ・デ・コブレの幽霊』に触れた体験を、そのまま作品に織り込んだわけだ。『女優霊』を監督したのは中田秀夫氏。この監督と脚本家コンビが後に手がけたのが、あの『リング』だ。この二作の映像表現には一部共通するところがある。そういう意味で、『シェラ・デ・コブレの幽霊』はＪホラーの遠いご先祖様、という言い方もできるだろう。

だが肝心の内容は伝説を耳にして胸躍らせた人々を、満足させるものではなかったらしい。

だから、と言っていいのか分からないが、もし今後何かで鑑賞できる機会があったとしても、わたしは観ないでおこうと思っている。観ないまま想像して怖がる方を選ぶつもりでいる。

ホラーや怪談、大まかに言うなら「怖い話」にはそういう側面がある。

内容ではなく、怖いという触れ込みそのものが恐怖を喚起することがある。

小説でこの側面を扱ったのが、巨匠・小松左京の掌編「牛の首」だ。「あんなに怖い話は聞いたことがない」と噂される怪談「牛の首」の内容を知ろうとした語り手は、終盤で真実を知り戦慄（せんりつ）する。愛好家でなくても知っている有名な作品だ。ネットには「牛の首」の内容を知っている、という書き込みが散見されるし、その内容とされるテキストもたまに見つかるが、投稿者は重大な勘違いをしているとしか思えない。

中島らもの短編「コルトナの亡霊」は明らかに『シェラ・デ・コブレの幽霊』を下敷きにしたものだ。試写会の後半、あまりの恐ろしさに観客がみな劇場から逃げ出した――そんな噂があるスペイン製ホラー映画『コルトナの亡霊』を、ライターが調べる話。

いずれも「怖い」という証言、噂話、喧伝を扱っている。

自分ではない誰かが怖がっている、そうした傍証こそが「怖い」――そんな物語だ。

この「怖さ」はホラーについて怪談について、少しばかり掘り下げれば誰でも気付くものだ。それに煎（せん）じ詰めればあらゆるものに当てはまる。

祭りは準備をしている時が、遠足は前日が一番楽しい。そうした言い回しはよく聞くし、生きていれば何らかの局面で、誰もが実感するだろう。体験している最中より期待している間の方が、気持ちは盛り上がる。そのものを目の当たりにする時より、予想したり予感したりしている時の方が心は激しく動く。感情が掻き立てられ気分は高揚する。名も知れぬ女子大生からのメールは、それを踏まえたものに違いない。

いたずらだとしても、ホラー作家に送りつける内容としては「正しい」。少なくともわたしは気分を害してはいない。むしろ楽しませてくれたことに感謝の念すら抱いている。仕事が捗らないのはマルチタスクが苦手なせいで、送り主のせいではない。

わたしは自然とそう思うようになっていた。

やがて日々の慌しさの中、少しずつメールのこと、「涸れ井戸の声」のことを忘れていった。

とある季刊誌の企画でSさんと対談した時のことだ。

小説家の大先輩であり、同じ賞の出身でもある。厳密には彼女は再デビューだが、いずれにしろ輝かしい経歴も実績もお持ちで「雲の上の人」と言っていい。ここ十年はテレビ番組にもよく出演している。ホラー作品も多いが、最近はもっぱら所謂「実話怪談」の著作が多い。実際に人から聞いた話、という体の掌編集だ。

対談したのは夕方の出版社の会議室で、その後すぐ彼女の希望で飲み会をすることとなった。対談でほとんど聞き役、相槌係になってしまったわたしは申し訳ない気持ちで参加した。

Sさんは健啖家で酒豪で饒舌だった。個室に響き渡るのは彼女の声、そして彼女以外の参加者三人の笑い声。わたしは飲み会でも聞き役に回っていた。

「そういえば」

同席していた編集者二人が、立て続けに電話を受けて席を外した時。Sさんが何杯目かのハイボールを飲み干すなり訊いた。

「西村さん、スランプってないの？」

「いつもそうです」

わたしは正直に答えた。謙遜ではなかった。すらすら書けたことなど一度もない。デビュー作になった応募原稿すら難航した。

「にしては順調じゃない？」

「食事と睡眠以外は全部執筆に当ててるからです。読書も最近はなかなか」

「あらあ、そう」

Sさんはテーブルの呼び出しボタンを押した。自分の気の利かなさに情けなくなりながら、わたしは縮こまる。

「わたしは一回だけある。十五年くらい前かな」

「そう……でしたか」

　合点がいった。Sさんの刊行ペースが一度だけ、大幅に落ちたことがある。ブランクと言っていい。年に一冊出るか出ないか、それが何年か続いた。彼女の言ったとおり十五年前のことだ。わたしはちょうど就職したばかりで、慌しさの合間に新刊を待ち侘(わ)びていた記憶がある。

「どうしてスランプになったんですか」

　これは訊いても構わない流れだろう。

「めちゃくちゃ怖い小説を書いてやろうって、悪戦苦闘してたの」彼女は顔をしかめて、「何かのアンソロジーでとんでもなく怖い小説を読んだって知り合いの子から聞いて、負けるかって思ったのがきっかけ。またその子が自分の手柄みたいに言うわけよ。それが余計にカチンと来て」

「なんて小説ですか」

「涸れ井戸の声」

「え？」

　変な声が出ていた。

　心がざわざわと蠢(うごめ)く。次の言葉が思い付かない。

やって来た店員にハイボールのお替わりを注文すると、Sさんは話を再開した。

「その小説は結局見つからなかったんだけどね。読んだ子も本無くしたとか書名も覚えてないとか言ってたし、直後に夜の仕事が親バレして東京からいなくなっちゃったし。でもそういうの気になるでしょ。普段小説なんか滅多に読まない子が、夢に見てうなされるって怯(おび)えてたんだよ？　どんだけ怖いのって思うし、自分も書いてみたいってなるのは当然だよね」

「ええ」

「で、取材とかいっぱいやって何回も書き直したりして、そしたら訳分かんなくなって……何とか書き終えたやつもボツにされた。支離滅裂だって。何回書き直してもダメだった。で、あきらめて素直に書いて今に至る。遠回りだったたね、結果的に」

Sさんはハハハと笑った。わたしは愛想笑いを返しながら必死で考え、

「どんな話だったんですか？　その、『涸れ井戸の声』」

と訊(たず)ねた。

「忘れちゃったなあ」彼女はそっけなく答えた。思い出そうとする仕草すら見せない。

「気になりますよ」わたしは作り笑顔で促す。

「そお？　うーんとね……ああ」Sさんは退屈そうに、「しょぼくれたおっさんが旅先の村の外れで、井戸を覗き込んでどうとかいう話」

心臓がどくんと鳴る。

「そ、そこから先は？」

「欲しがるねえ」Ｓさんはわざとらしく抑揚をつけて驚く。今思えばタメロが気に障ったのかもしれないが、その時は気付かなかった。

「分からない。教えてもらってないの。その子、口つぐんじゃった。思い出すだけで怖い、話そうとしただけで震えるって」

明るかった表情が不意に曇る。

「……その子の怖がりようがまたね」

遠い目でハイボールのジョッキをあおる。それまでとは打って変わって、不味そうな顔をしていた。

個室に初めて沈黙が訪れた。

「きっと、声が聞こえるんでしょうね」

わたしは思い付いた推論をそのまま口にした。タイトルがタイトルだ。そんな展開になる以外に考えられない。

きっと主人公の男性は聞いてしまうのだ。

井戸の底から響く何者かの声を。おそらくはとっくに水が出なくなった、涸れ井戸にこだまする声を。

どんな声だろう。何を言うのだろう。話すのを拒否するほど、メールに書くことができないほど恐ろしい声とは一体。

Sさんは答えず、黙って壁を見つめていた。

編集者のうち一人が戻って来た瞬間、彼女は喋り出した。知り合いのキャバクラ嬢から聞いたという、大物芸能人のアブノーマルな趣味を暴露する。個室に笑いが湧き起こる。わたしはもう聞いていなかった。そこから飲むことも食べることもしなかった。どうやって別れて、どう帰ったのかも覚えていない。

気が付けばここ、自室兼書斎にいた。

そしてこのファイルに今までのことを書き綴っていた。

これまで「涸れ井戸」と聞いて最初に思い出すのは、泡坂妻夫の長編ミステリ『乱れからくり』だった。正確には「枯れ井戸」という表記だったはずだけれど。

今は作者も掲載媒体も分からず、内容もはっきりしない謎の短編だ。

ネットで検索してますます謎は深まった。

「涸れ井戸の声」あるいは「枯れ井戸の声」というホラー作品を読んだことのある人は、少なからずいるらしい。SNS、ブログ、掲示板、個人サイトに、タイトルと「とても怖かった」という感想が幾つも上がっている。

だが――作者がすべて異なっていた。

クトゥルー神話作品や、一休宗純を主人公にした伝奇ホラーに定評のあるKさん。ショートショートの賞出身でホラーアンソロジーの監修もしていたMさん。多作でカルト映画収集家としても知られるHさんに、新本格ミステリの草分けであるところのYさん。

Sさんの短編集で読んだ、と書かれたブログもあった。

都筑道夫の晩年の作品だというつぶやきも、ロバート・ブロックの初期作品だ、いや違うジャック・フィニイのだ、と言い争いになっている掲示板もあった。ネットで遡ることのできたもっとも古い文章は一九九八年、とある個人サイトの読書記録だった。

掲載媒体、収録媒体もことごとく違っていた。一方、短編であることはどのテキストでも共通している。主人公の男性が役所勤めであり車を所有していること、妻の顎に小さな黒子があること、彼女の死因は癌であることも分かった。

「『怪奇礼讃』で一番怖かった」と書かれたブログを読んだ時は目を疑った。創元推理文庫から二〇〇四年に出た、十九世紀末頃の英国怪奇小説をまとめたものだ。勤めていた頃に購入して読んでいる。最も印象的だったのはマーティン・アームストロングなる作家の「メアリー・アンセル」という切ない作品だった。ホラー系のアンソロジーではこうしたことがままある。想定していなかった悲しい話や泣ける話に不意打ちを食らい、記憶に刻み込まれてしまうのだ。そしてそれ以外の収録作を忘れてしまう。

慌(あわ)てて『怪奇礼讃』を書棚から引っ張り出して確認したが、「涸れ井戸の声」なる作品は存在しなかった。それらしいタイトルの作品も見当たらなかった。もう一度目次で、続いてぱらぱら捲(めく)って確かめる。やはり載っていない。

　わたしはブログ主に問い合わせてみようと、記事のコメント欄を見た。

〈管理人様。
はじめまして。『怪奇礼讃』購入しましたが、「涸れ井戸の声」なんて掲載されていませんよ。勘違いじゃないですか？〉

「特命鬼ボウ」を名乗る人物からそんなコメントがあった。同じことに気付いた人が既にいたわけだ。管理人の回答はこんなものだった。

〈コメントありがとうございます。
載っていませんでしたね。ご指摘の通りです。
すみません。
おかしいなあ。じゃあ、どこで読んだんだろう〉

　回答にさらに返信する形で、特命鬼ボウが「作り話をするな」「謝罪しろ」という意味のコメントをしていたが、管理人は放置していた。

　頭の中で奇妙な仮説が組み立てられていた。理屈に合わないと思いつつ妄想せずにはいられなかった。

「涸れ井戸の声」なる物語は、この世の本の中を彷徨(さまよ)っているのではないか。そして読んだ人々をひとしきり怖がらせ慄かせると、また別の本へ移動するのではないか。

あるいは――人々の記憶の中にしか「涸れ井戸の声」は存在しないのではないか。現実世界にはどこにもなく、ただ「読んだ」「怖かった」という記憶だけが一部の人にあるのでは。

作者不在の恐怖譚(たん)。もしくは存在しない「怖い話」。

どちらも馬鹿(ばか)げている。SFじみている。

だが魅力的ではあった。

読めるものなら読みたい、という気持ちが膨らんでいた。

考えた末に相談した相手は三井さんだった。もちろん自分の仮説など打ち明けたりはしなかった。ただ「涸れ井戸の声」という恐ろしい短編があること、ネットに複数の証言があることを伝えただけだ。それも新作小説の打ち合わせのついでに、雑談の延長のような流れで。

「鮫島(さめじま)事件みたいですねえ」

新潮社の会議室。三井さんはネットユーザーらしい反応をした。かなり早い段階から巨大掲示板2ちゃんねる、現5ちゃんねるに親しんでいるという。同世代ながらこの点はわたしと大きく異なっている。

　鮫島事件とは旧2ちゃんねるで大勢のユーザーによって創り上げられた「絶対に明かしてはいけない事件」のことだ。無数のディテールが有志によって構築されているが、肝心の事件そのものは語られない。

「だから大勢で作った冗談ってことも考えられますよ。というか理性的に考えれば、それ以外に有り得ない」

「だとしても、Sさんが参加するとは思えません」

「たしかに。流行には敏（さと）いけどそういう趣味はないんだよなあ、Sさん」

　彼は腕を組んだ。

「リアルの知り合いに一人でもいればいいんですけどね、読んだことあるって人。そしたら話が進む」

「それか……自分が読むか」

「ですね」

　三井さんはニッと歯を見せると、

「とりあえず社内で聞いてみます。知っている人間がいればめっけものですし、手に入れることもできるかもしれない。そしたらご連絡差し上げます。なんか俄然（がぜん）興味が湧いてきましたよ」

嬉しそうに言った。

その翌週のこと。

取材から帰宅したのは午後六時を少し回った頃だった。夫の良平は仕事で泊まりだと言っていた。冷蔵庫にあるもので簡単に夕食を作って数分で食べ終え、書斎で締め切りの迫っているコラムに取り掛かる。とある料理雑誌から依頼されたもので、テーマは「私と缶詰」。枚数は原稿用紙換算で二枚。

五分ほど構想してわたしはモニタに向き直り、キーボードを叩き始めた。小学校の修学旅行で鰯の缶詰を自作した経験を簡潔に紹介し、そこから話を広げる。

詰まることもなく書き進められる。指先から勝手に言葉が、文章が紡ぎ出される。小説もこれくらいスムーズに書ければいいのに、と心の片隅で思っていると、マウスの傍ら、所定の位置に置いていた携帯が鳴った。

ショートメッセージだった。液晶画面には「新潮社　三井さん」と表示されていた。

進展があったのだろうか。

「涸れ井戸の声」が見つかったのだろうか。

はやる気持ちを抑えながら、わたしは暗証コードを入力してメッセージを開いた。

〈お疲れ様です。大至急こちらのライブ動画を見てください〉

文末には動画配信サイト「ＹｏｕＴｕｂｅ」のアドレスが貼られていた。

文面からは焦り（あせ）が感じられた。どういうことだろうと首を傾げる（かし）。パソコンで見るか携帯で見るか。一瞬だけ考えて、わたしはパソコンで閲覧することにした。

モニタに映し出されたのは、ヒラメのような顔をした黒髪ツインテールの少女だった。色白だが頬が少し荒れている。顎の一箇所だけ不自然に平坦なのは、吹き出物をファンデーションで隠しているせいだろう。ぬいぐるみのようにモコモコした「ジェラートピケ」のパジャマを着て、こちらに上目遣いの視線を向けている。手元にはステッカーだらけのタブレット。背後には白い壁と無機質なスチールシェルフ。

ライブ配信動画のタイトルは「ぽこりんアイドル★むめたん文豪を目指す」だった。地下アイドルだろうか。それともユーチューバーという職業の人だろうか。

「ヤバイ、もうテンションあがってきましたよぉ、これ大当たりかもしれませんね。むめたんドキドキ」

少女――むめたんは八重歯を見せてタブレットに目をやる。再び三井さんからショートメールが届いた。

〈彼女は青空文庫を朗読しています〉

青空文庫。著作権の切れた文学作品や評論を公開しているサイトだ。横書きの小説を読むことに馴染（なじ）まないので頻繁には閲覧しないが、急ぎで参照したい時には重宝している。だがそれが何だというのか。

〈さっきから読んでいるのが「涸れ井戸の声」です。本人がそう説明しました。作者は分かりません〉

続けて届いた文面を読んだ瞬間、わたしの背筋がぴんと伸びた。

むめたんは笑みを浮かべながら朗読していた。

「――男が辿(たど)り着いたのは、小さな村だった。色あせた郵便ポストは傾き、伸び放題の草に半ば埋もれている」

わたしはキーボードを叩いて青空文庫のトップページを開く。検索ボックスに「涸れ井戸の声」と打ち込む。

そんな作品は見つからなかった。検索結果の一覧が表示されたが、公開作品の本文から「涸れ」「井戸」「声」の文字を拾い上げただけだった。

三井さんに簡潔に状況を送信すると、すぐに返事が届いた。

〈自分もです。でも彼女は読めています〉

「――老婆は何も答えず歩き去った。丸くなった背、痩(や)せさらばえた手足、前屈(まえかが)みで歩く様は秋口の甲虫を思わせた……」

わたしや三井さんには読めないテキストを、むめたんはすらすらと読み上げている。

閲覧人数は「851」。多いのか少ないのか判断できない。

分かるのは今この瞬間、どこかで「涸れ井戸の声」を読んでいる少女が、確かに存在することだけだった。

「――井戸が、あった」

むめたんは抑揚をつけて言った。わざとらしく間を空ける。タブレットを見つめる目が左右に小刻みに動いている。

すっ、と顔から笑みが消えた。

口を中途半端に開いたままで固まっている。タブレットから目を離さないでいる。

「あっ、ご、ごめんね」

引き攣った顔で彼女はこちらに詫びた。笑おうとしても笑えない。そんな風に見える。

「面白くて入り込んじゃいました。じゃあ、続き読みますね」

姿勢を正し、深呼吸をすると、むめたんはタブレットを両手でしっかりと持って、

「男は……井戸の縁に手を掛け、て」

すぐ言葉に詰まる。

白い顔が真っ青になっているのが映像でも分かった。唇まで血の気が引いて紫色になっている。

何度か言いよどむと、彼女は決意したようにコクリとうなずき、

「真っ暗な」

はっ、と息を呑(の)んですぐさま振り返る。「えっ、なに……」と部屋を見回している。

後頭部の白い分け目が酷(ひど)く目立った。

しばらくして、彼女はこちらに向き直った。

目が真っ赤に充血していた。

ぐす、と洟(はな)を啜(すす)る。

「そ、底を、覗き込ん……だ」

彼女の目から、ぽろりと涙が零(こぼ)れ落ちた。

左目から一粒。右目から二粒。

瞬(まばた)きすればするほど溢れ出し、次々と頬を伝う。

むめたんは震えていた。音が聞こえそうなほど全身を戦慄(わなな)かせていた。

わたしは固唾(かたず)を呑んで彼女を見守っていた。またしてもここから先を知ることができないのか、という落胆が少し。さっさと続きを読めと急(せ)かす気持ちが少し。

残りの感情は間違いなく恐怖だった。

読もうとするだけで泣いてしまうほどの記述とは。注目を浴びたくて自らカメラの前に立っている少女が、取り乱してしまうほどの内容とは。

勝手に想像を逞(たくま)しくしてしまう。妄想すればするほど恐れてしまう。

鳥肌が首筋から背中へ、腕へと広がっていく。そして治まらない。

「……やだ」

タブレットを投げるように床に置くと、むめたんは近くにあったクッションを摑んだ。そのまま勢いよくタブレットを覆い隠す。ぼすんと大きな音がした。

「やだやだやだ！　やだっ！」

むめたんは立ち上がった。猛然と走り出して画面の外に消える。ドアを激しく開け閉めする音が響いた。くぐもった足音が遠ざかる。

寒々しい部屋だけが画面に映っていた。

わたしは椅子に縮こまり、ほとんど呼吸を止めてパソコンを見つめていた。部屋に何らかの変化が起こるのでは、と思って目を逸らすことができなかった。

突然ぶつりと中継が途絶えた。真っ暗な画面から顔を上げ、時計を確認すると日付が変わっていた。

三井さんから何通もメッセージが届いていた。

〈ご覧になりました？　どういうことですか？〉

〈こんなことってあるんですか？〉

〈お休みでしたら申し訳ありません。ちょっと混乱しているので、ここで失礼させていただきます〉

読み終えたのと同時に、自分が独りであることに気付いた。この部屋で独り。この家で独り。むめたんなる少女は逃げ出した。三井さんはとっくに寝ただろう。

　泣いて怯えるむめたんの姿が脳裏に浮かんだ。そして消えなかった。彼女はいつまで経っても頭の中に居座り続けた。

　居間でテレビを観て過ごし、昼過ぎに良平が帰宅してから布団に入った。

　書きかけのコラムのことを思い出したのは、締め切り当日の夕方だった。

　むめたんのウェブアカウントがすべて消えたのは翌月のことだった。YouTube、ブログ、各種SNS。事前に告知は一切なかった。ファンらしき人たちはあれこれ憶測を投稿していたが、以前から心身ともに調子が悪かったそうで、「涸れ井戸の声」と関連付けたものは一つもなかった。


　わたしは夢を見るようになった。夢でうなされ、夜中に飛び起きるようになった。そのまま朝まで眠れず鬱々と一日を過ごす。そんな日が確実に増えていった。

　夢の内容は呆れるほど陳腐だったが、それ以上に不吉だった。

　曇り空の下、良平とドライブして寒村に行き当たる。荒れ放題の村を二人で歩き回る。いつの間にか前を行く良平が、村外れで井戸を見つけて走り寄る。

　不安に思うわたしをよそに、彼は子供のような笑みをこちらに向け、そして井戸を覗き込み、すると中から、底から——

声がしたのは何となく覚えている。

良平が「あっ」と後ずさったことも、うっすら覚えている。だが、どんな声だったか、その後で何が起こったのかは、どれだけ頭を捻っても断片すら思い出せなかった。目覚めた瞬間にきれいさっぱり忘却し、拾い集めることは決してできなかった。

鮮明なのは感情だけだった。

凄まじいまでの恐怖に襲われたことだけ、記憶と胸の内に克明に刻み込まれていた。

「どうしたの最近？」

何回目か忘れたが、うなされて布団で目を覚ました時、隣で寝ていた良平がわたしの頬を撫でて訊ねた。暗い中で彼の目が光っていた。

わたしは大雑把に打ち明けた。彼は黙って聞いていたが、話が終わるなり「亜樹は真剣すぎるんだよ」と溜息を吐いた。

「恐怖とか怖いとかについて考えすぎて、気が滅入ってるんじゃないかな。よく聞くよ、ギャグについて考えすぎて精神を病んじゃうギャグ漫画家。あとほら、噺家の誰だっけ、上方の有名な。なんでか『ドグラ・マグラ』映画版で大役を演ってる……」

「桂枝雀？」

「そう。あの人も鬱で自殺だろ。笑いを体系化しようと頑張り過ぎたからだ、なんて話もある」

良平は真剣な顔で「初心に帰りなよ。伸び伸び書くのが一番いい」と言った。何から何まで説明すれば、余計に頭がおかしくなっていると心配するだろう。わたしは「ありがとう」と笑った。夫の気持ちも助言も単純に嬉しかったし、迷惑をかけてはいけないと心の底から思った。

もう「涸れ井戸の声」について考えるのはやめよう。そう決意した。

このテキストも機を見て消去しよう。

信じられないことが起こっている。

目の前に「涸れ井戸の声」があるのだ。

短編を寄稿した『小説ＮＯＮ』の最新号。自分の作品を確認しようとページを捲ったところ、巻末に掲載されているのを見つけた。

作者はわたしだった。

扉ページ、「涸れ井戸の声」と大きく書かれたすぐ下に、「西村亜樹」とあった。

考えてはいけない。読みたいなどと思ってはいけない。つい先月に決めたばかりだ。

ここで雑誌を閉じるのが賢明だ。

でも読みたい。読み進めたい。

男が井戸を覗き込んだらどうなるのか、一刻も早く知りたい。

理性が止(や)めろと告げる。感情が読めと勧める。

こうして書くのがもどかしい。小説ですよと言わんばかりの文体を維持するのが辛(つら)い。馬鹿馬鹿しい。

読みたい。駄目だ。読みたい。駄目だ。どうしよう。どうもするな。少しだけなら。一行たりとも読むな。良平はいない。三井さんに電話しようか。いやそんな悠長なことをしている場合ではない。いや、している場合だ。

何をしているのだろう。無意味なことばかり書いている。そもそもこのファイルは消すはずではなかったのか。でももう消せない。むしろ書き足す。

そうだ。

わたしはこれから「涸れ井戸の声」を読む。

そしてここに書き写す。

読んだらどこかに消えてしまい、二度と会えない小説だとしても写せば何度でも読めるだろう。多くの人をあれだけ怖がらせた短編が、手元に残るのだ。読み返して何度も怖がることができるのだ。参考にもできる。模倣もできる。

考えただけで高揚する。そして恐ろしい。

そうだ、早くもわたしは恐怖している。読む前から、読もうと思っただけで、読めると期待しただけで。こんなにも手が震える。座っていられない。背後が気になる。

深呼吸を二度繰り返した。キッチンで水を飲んで顔を洗った。

家の中は静かだ。聞こえるのは高鳴る鼓動だけ。

準備は整った。読もう。

「涸れ井戸の声」

※　※

亜樹さんから受け取ったファイルの文章は、ここで終わっている。厳密にはここから原稿用紙にして五十三枚分の空白があるのだが、再現はしない。

読み終わって最初に思ったのは、「冗談だろう」というものだった。つまりこのテキストすべてが作り話、彼女の創作というわけだ。

実際、ネットで検索しても「涸れ井戸の声」なる小説はまったく出てこない。『小説新潮』の三井さんに訊いても「いや、分からないです」という答えが返ってきた。

「限界を感じたから、と仰ってました」

彼女が引退した理由も、三井さんはあっさり明かしてくれた。残念そうではあったが、同時に「よくある話だ」と受け入れているようでもあった。書きたい小説が自分の技量では書けない。理想と現実が乖離する苦しみに耐え切れなくなった。だから辞めた。亜樹さんの言葉をそう解釈しているらしい。

　ぼくも同じように考えていた。

　つい先日までは。

　池袋でサイン会をした時のことだ。ありがたいことに閑古鳥が鳴くことはなく、ぼくは胸を撫で下ろしながら書店の一角で、新作の短編集にサインをしていた。

　単行本の「扉」に筆ペンで名前を記し、左下に落款を捺す。右上にお客さんの名前を、希望があれば日付も書き加える。お客さんの質問にはできるだけ真面目に答えた。いかつい老人に「現政権についてどう思うか」と訊かれた時は困ったけれど、書店員さんは慣れているのか、彼と何事か話し合うと連れ立って出て行った。

「いつも読んでます」

　母親ほどの年齢と思しき、上品な女性が微笑を浮かべる。ぼくはお礼を言いながら彼女の購入した本を開く。サラサラとサインしていると、

「雑誌でもよくお書きになってますね」

「ええ、目先の原稿料に目が眩んだので」

　ははは、と笑い合う。

「この前『小説推理』に載ってた短編も読みましたよ。読み切りっていうんですかねえ、とっても怖かったです」

「ありがとうございます」

そう言いながらぼくは疑問を覚えた。『小説推理』は今年に入ってから一度も寄稿していない。連載していたのは去年のことだ。彼女にとっての「この前」は数年単位なのかもしれないが、読み切りというのが不可解ではある。

「あんな怖い話、どうやったら考え付くんですか？」

彼女は言うなり全身を震わせた。顔色まで少し悪くなっている。

「いや……捻り出しますよ。ウンウン言いながら」

落款を摑んだまま、ぼくは半笑いで答えた。胸の内で不安がざわざわと無数の枝を伸ばしている。落款を握る手が瞬時に汗ばみ、一方で口の中はからからに渇く。

「一番好きかもしれない。今までの先生の小説で。長編も短編も全部含めて」

女性は寒さを堪（こら）えるように身を縮めると、声を潜めて言った。

「本当に怖かったですから——涸れ井戸の声」

たからのやま

清水朔

清水朔　Shimizu Hajime
唐津市生れ。2017（平成29）年『奇譚蒐集録―弔い少女の鎮魂歌―』が日本ファンタジーノベル大賞最終候補に。同シリーズに『奇譚蒐集録―北の大地のイコンヌプ―』が、近著に『神遊び』がある。

——遭難したかもしれない。

薄暗くなってきた空の色に足を速める。もうかれこれ三時間は歩き回っている。見覚えがあると錯覚し、下山途中でショートカットしたのがまずかったようだ。気がついたら獣道のど真ん中で立ち往生していた。

標高四百五十メートル。たいして高い山というわけでもない。私有山だが、春先の一時期、裾野だけ一般に開放されている。筍が有名だが、同時に猪被害の多い土地でもあった。

秋ならば茸だ。しかし冬前の獣は気が荒い。ゆえに入山を許されているのは春先だけだという。

だがその規制が俺の予感を確信にした。ここにはあるのだ。——幻のシャクヤク茸が。

春、こっそり持ち帰った土壌の分析結果がひと月後に判明した。低温多湿は通年変わらず、宿木となり得るコナラの原生林も確認できた。発育に不可欠な条件がそろいすぎていた。

シャクヤク茸は文字通りシャクヤクの花のような茸である。幾重にも花弁を広げたような豪華さは見る者を圧倒する。ただし人工での栽培は難しい。靴底の化学物質のわずかな付着によってさえ死滅するほどの繊細さだ。図鑑以外ではなかなかお目にかかれない希少種である。

ここは文字通り宝の山だ。所有者がそれに気づいていないのだとしたら――？　笑いが込み上げる。もちろん上手（うま）く誘導すべきだ。それが親切というものだ。

これは弱小出版社である我が竹林書房の人気雑誌『山墅（さんしょ）ぐらし』にとって、最大の目玉になる。俺が見つけ出したキングオブマイナー、幻のシャクヤク茸の原生群。現物を確認できずに帰社など出来るものか。

そう気炎を揚げてこの集落に到着したのは昨日の夕方である。

この地域に旅館なんて気の利（き）いたものはない。民宿に泊まった。洒落（しゃれ）た要素など皆無の、要は農家で余っている倉庫をお手軽リフォームしただけの場所だ。一応エアコンらしきものはあったが、点けたとたん壊れた。盆地の集落、昼の灼熱（しゃくねつ）とは裏腹に夜は極寒だ。たまらず訴えたところ、民宿の老夫婦は顔を見合わせ、自分たちの寝所に寝ればいいとこともなげに言ってくれた。人の好（よ）い人たちではある。だがなぜ床の間を擁する広い座敷、夫婦の間に俺の布団を敷くのか。なぜ川の字か。

『出稼ぎに出とる息子と同じ年齢だもんでねえ、ちょっと嬉しくなっちまって』

――髭面の三十路男でもですか。

せっかくだからそれとなく聞いてみた。あの山、本当に秋は誰も登ったりしないんですか。

『この集落近隣の人間は誰も登らんね。ごく稀に肝試しとか、何も知らぬ県外の人間が入ったりするけども、だいたいは結界前で引き返すしね』

『肝試し？　結界？』

筍を開放する境目には長い注連縄が張られている。注連縄と呼ぶには大仰だろう。要は工事現場にあるような黒と黄のロープだ。

『それ以上は登山禁止でな。中腹に神社、あとはいくつか炭焼き小屋はあるらしいとは聞くけども、詳しくは知らん。猪やらは多いらしいからそっちの被害の方が現実的には怖いわな。ほら、あそこはごりょうやまだから』

最後の言葉がわからない。聞けば主人が苦笑した。

『御料山、と書くんだよ。所有しとるのが「御殿」だろ。昔から御殿の山菜やら果物やらを賄っていた山なんだと。だから御料』

所有者は麓で「御殿」と呼ばれている家だという。ここら一帯を所有する大地主で、昔は領主さまと呼ばれていたらしい。昨年、当主が亡くなったと聞いた。そのせいか、散り散りになっていた息子たちがその後始末のために実家に戻ってきているらしい。

『御殿の領主は代々狩りがお得意でな』

主人は弓矢ではなく、銃を構える仕草をする。

『手慰みに獣を狩ってはそのままに捨て置く人だったらしい。そんで山が臭くなっちまって夏は麓まで死臭が漂ってきたんだと。ずいぶん往生したって聞いている』

冷凍すれば良かったのに。そう思ってすぐ時代が違うと首を振った。

『せっかく狩ったのに食べなかったんですか』

主人は手を振った。

『飢饉の年でも平気で山に入っては獣を殺してそのままだったらしい。分け与える気など、最初からない。獣の屍肉を掠め取ろうとした領民まで撃ち殺してな。遺体を引き取ることも許されなかったらしい。そういう話ばっかだよ。それにな――』

彼は声をひそめた。

『罪人を山に放って、それを狩っていたという噂もあるし、大昔は旅人も御殿に泊まるしきたりだった。翌日出立した後、どうなったかは知らん。そもそも出立したのかも知らん。ただ御殿が肥え太っていったことは確かだな』

昔話の様相を呈してきた。よく聞く話ではある。異人殺し。集落外部の旅人を殺してその金品を奪取し、その家が栄えるという内容だ。

『御料山ではしょっちゅう鉄砲の音が聞こえていてな。間違っても子どもらが山に入らんよう、キツく言いつけとった。だから今でもあの山のものには誰も手をつけん。山菜も茸も獣もな。猪は害獣だもんでよく殺されるけど、この辺りじゃ誰も喰うものはおらんよ。喰えば親に似つかん子や獣の顔した子が生まれるとか言われとる。夥しい数殺してきた、獣や罪人や異人の祟りだってな。そもそも登山道は悪路だし、山の上の方は磁場の関係かコンパスが狂うとかで本気で登る酔狂はいないけど』

素晴らしい、と俺はあやうく叫び出すところだった。もごもごと口を動かして、声を抑えて聞いた。

『ということは……やはりあそこの自然は手つかずなんですね』

あれえと奥さんが声を出した。

『あんた山に入る気かね。だめだよう、入ったら。特に今年は』

今年は？　と首を傾げると、これ、と窘める主人の声がした。奥さんが口を噤む。

『滅多なことを言わん！　……まあいいさ。お兄さん、明日山に入るなら、結界の下までにしときな。そこまでなら大丈夫だから。もしどうしても入りたければ俺が御殿に口を利いてやってもいい。ただし、この月内は駄目だ。神無月に御料山に入っちゃならねえ。それだけは守ってほしい』

申し出はありがたいが、残念ながらシャクヤク茸は標高の高いところでしか採ることが出来ない。しかも時期は十月の中旬から下旬にかけて。つまり今しかないのだ。

『なぜ神無月には御料山に入れんのでしょうか』

自然に湧(わ)いた疑問だった。主人と奥さんは息を呑(の)んだようになり、沈黙する。寝たのかと思うほど長いだんまりの後、ようやく口を開いた。

『御殿がお山の祭りをしているからだよ』

『祭り?』

『歴代当主が御料山の神様に祭祀(さいし)をする月だぁね。あそこは山の神社の神主も兼ねとるから。しかし今年は五十年ぶりの大きな祭りなんだよ。とりわけ余所者(よそもの)の侵入には慎重になっとる……危ないからな』

『五十年ぶり?』

そんな秘祭があるとは知らなかった。むしろそちらも記事になるのではないか。主人は手を振った。

『いやいや五十年は、たまたまだよ。御殿の当主が亡くなったからさ、代替わりの祭りを兼ねとるんだ。そういう時に大きな祭りになる』

『危ないとおっしゃいましたけど、危険な祭りなんですか』

さあねえ、と主人は苦笑した。詳細に語ろうとはしなかった。

『とにかく命が要らんというんでもなければ、近づかんに越したことはない。それに山の祟りは、その、本物だからな。生きて出られんようになっても困るだろ』

そうよ、と奥さんも口添えする。

『取材なら日を改めて来たらええですわ。エアコンもそれまでに直しときますで。な？』

もう寝なさいや、と主人に促されて、俺は喋るのを止めた。だがもちろん眠れるはずもなかった。

このご時世に、祟りだといわれて怖気づき、取材を諦めるような記者がいるならお目にかかってみたい。ましてや俺は独身、万一祟りを受けたところで誰に迷惑がかかるものでもない。

ただ生きて戻れないのは困る。汚い自分の部屋を思い浮かべる。足の踏み場もない汚部屋に万年床。最近買い直した大きな冷蔵庫の稼働音だけが響く空間。あのローンもまだ払い終えていない。あんな部屋を見られたら終わりだ。外面の良さだけで世渡ってきた俺という人間性を疑われる。

俺はただシャクシャク茸が自生している写真が欲しいだけだ。出来れば採取したいだけだ。編集長の前で俺の推論は間違っていなかったと証明したいだけなのだ。

『やめとけって。茸なんて、何の惹句にもならねえよ。なんだよ茸って。俺、大っ嫌いなんだよね、あの食感も匂いも味も！　妙に甘いし、嫌な思い出しかないしさ！』

　今回の茸の話を聞いて真っ先に反応したのはあいつだった。あろうことか俺の前で、この企画は無謀だと編集長に直言しやがったのだ。

『簡単に手に入らない茸の情報を、どこの誰が欲しがるって言うんです？　こいつのバイアスかかり過ぎでしょう。所詮ジャストアイデアに過ぎません。これはビシェルブド案件です』

　思い出しても怒りが込み上げる。ただの茸嫌いにそこまで言われる筋合いはない。だがあいつは猶も言い募る。

『ならおまえはコンセンサスが取れるのか？　私有山だろう。ああいうところは面倒だと決まっている。リスクヘッジのメソッドがあるとでもいうのか』

　編集長は苦笑いして、とりあえずはぶつかってみろと言ってくれた。涙が出るほどうれしかった。

　だから絶対に引くことはできない。あいつの書いたものに対抗できる、これは最高にして最後の機会なのだ。俺の人生最大の博打で、ここが勝負どころなのだ。

　その一念を滾らせて……いつしか眠っていたらしい。


　——夢を見た。

靄のかかった山道を俺は歩いている。視界に入る手足は細い。顔を上げたその向こうに目的があるらしい。たまらなくなって駆けだすと、案の定、そこに鳥居が見えた。石の鳥居の根本は緩やかに太く、びっしりと苔に覆われている。その奥には狛犬の台が見えた。もっとも台の上に狛犬はいない。石づくりの、何重にも花弁を拡げた花のようなものが飾られている。夢の中の俺はそれらを見知っていた。なにせ右の台座の下には、昔、落書きしてこっぴどく叱られた跡が残っているのだ。懐かし気にそれを見下ろして台を見上げた。目線はやはり子どもだった。その証拠にそう高くない台の上にある花びらのようなものの全貌がまったく見えない。

不意に拝殿の陰から白い上着と白い袴を着けた男性が現れた。父親である。厳しい顔で何か言いながら近寄ってくると、俺の頭に拳骨を落とした。その背後から子どもが三人、顔を出して笑っている。彼らは一様に父親と同じような袴姿だった。

あかんべえ、と舌を出してから俺は走る。

今日は何があるのだろうか。子どもの俺はそれを知っているらしい。大急ぎで横の社務所にとびこんだ。

着替えが用意されていた。あの子どもたち――兄弟だ――と同じ装束だ。一人で着付けができることに驚いていた。手慣れている。

着替えを済ませて俺は駆けだした。拝殿の裏には小さな広場があって、兄弟が待っている。なぜか手を繋いで輪を作っている。慌ててその中に入った。父親の姿はない。拝殿の中で何かをしているのだと解っていた。

風が木々の上をまるく舞う。垂れこめた灰色の雲と、冷たい風。夕方近いその広場で子どもだけが、かごめかごめをするように手を繋いでゆっくりと回っている。いずれの顔も笑ってはいない。早く終われればいいのに、とすぐ下の弟は悪態を吐いている。

目を戻した次の瞬間、輪の中に女の子がしゃがんでいた。一番上の中学に入ったばかりの兄貴と同じくらいか、もう少し上か。大人ではないが、まるっきり子どもでもない。華奢で線の細い肩、痩せた背中のシルエット。

俺たちは足を止めた。ドキドキする胸を抑えることもできず、大きく息を吸った。突如現れたこの少女に、俺たちは驚いていない。そしてドキドキは、恐怖に由来するものではない。

少女は右手を後ろにやって、指をさした。

『○○』

違うよー、と俺たちは笑う。ほっとした。彼女はいつも言い当てることが出来ない。あらかじめ、自分たちとは違う名前を教えているのだから、当てることは不可能なのだけれど。

じゃあ、と彼女はその日に限って少し考えるそぶりを見せた。そして彼を呼んだ。

『アキ』と。

全員が棒を飲んだように動きを止めた。指をさされたのは俺のすぐ下の弟。偶然だろうか、彼女は知らないはずのその名の一部を言い当てたのだ。

さっきまで堂々と悪態を吐いていた弟の顔は蒼白になっている。ふとどこかで似た顔を見た気がするが思い出せない。

彼女は立ち上がった。真っ白な素足に、丈の短い白いワンピース。振り返ると、顔の部分に靄がかかっていて良く見えない。だが、夢の中の俺は顔を知っていて、それがとても美しいことを解っている。

弟に近寄ると、彼女はその手を取り、掌（てのひら）に何かを置いた。花のように広がったそれは、とても良い匂いがした。

いや花ではない——それは茸だ。

『食べて』

口がそう動いた。音声になったわけではないが意味は取れる。食べたらその時点で彼に決まる。俺は固唾（かたず）を飲んだ。

いやだ！　という弟の大きな声に全員がびくりと肩を震わせる。そうだ、弟は茸が大嫌いだった。

攻撃的な目で彼女を睨むと、彼はそれを投げ捨てて背を向けて駆け出した。彼女は悲しそうな顔をした。辛い顔をしてほしくない。

だが何も行動を起こせなかった。

地面に落ちたそれに手をのばそうとした彼女を制して、兄が先に拾った。

——嫌な感情が胸に湧いた。

砂を払って、まるで花を捧げるかのように差し出した兄に、彼女は微笑んで礼を言ったようだった。

悔しさと、どろどろした気持ちでいっぱいになった。

彼女から笑みを向けられた兄が、憎らしくてたまらなかった。

——まだ、だ。

俺はそう思って歯ぎしりしている。ふと横を見れば、一番下の幼い弟の顔にも、俺と同じ表情が浮かんでいた。


——まだ、これで決まったわけじゃないんだから。

翌日、夢の余韻を引きずりながら、朝飯をかき込んだ。主人夫婦はとっくに床を上げていた。

夢、だったのだろうか。それにしてはリアルな気がした。白黒の、昔の無声映画を見ているようだった。夢とはなんだったろう。記憶から紡がれた無意識の自己実現だとかを云々したのはフロイトか。俺の貧困な脳みそが作り出したにしては手の込んだ幻想映像だったと思うが。これはやはり場所のせいか、寝しなに土地の伝承を聞いたせいか。かなり強烈に印象に残ったようだ。それでもあくびをすると、端から崩れるようにしてその記憶も形をとどめずに消えていった。

どこか心配そうな夫婦に、結界の下を散策して写真を撮って帰りますとしおらしく頭を下げると、嬉しそうにうなずいていた。騙すようだが仕方ない。俺はこの仕事に賭けている。

だから——結界のロープを跨ぐのに躊躇はなかった。

シャクヤク茸は簡単に見つかった。案の定原生、しかも群生している。加えてそこには幻の雪襞舞茸も、レア中のレアと言われている木の葉ちらし茸までもが当たり前のように生えていた。まさに手つかずの自然の宝庫。定型文すぎると部内で失笑を買ったアオリはそらみろ、誇張じゃなかっただろう！

「暑い……」

汗を拭う。喉が渇いた。ペットボトルの水も飲み切っていた。小春日和というには猛々しい紫外線に晒され、さらには強烈な西陽を浴びながら歩き回った日中の数時間。

狂喜した採取の瞬間が嘘のようだ。疲労が背中にのしかかってくる。湧水など都合よく探せるべくもなく、流れる汗がやたら目に滲みる。携帯は最初から圏外だ。

　ともかく一刻も早く下山したいと焦る心とは裏腹に、風景がどんどん野性味を増してゆく。

　昨夜の寒さは堪えた。麓であれなら、山の夜は推して知るべし。まかり間違えば低体温症などで動けなくなるし、死に至るかもしれない。もしかしてこれこそが祟りだというのだろうか。冗談じゃない。

　太陽がするすると山裾へと落ちてゆく。そんなに急がなくてもいいじゃないかと追いすがりそうになる。コンパスは狂っていた。地図を見ても自分の位置がわからない。太陽の方向から大雑把な方角が解るだけだ。

　いよいよ万事休すか。『自分だけは大丈夫だと思っていた』――事故に遭った人間が良く言う正常バイアス、当然俺もそう思っている。しかしこの状況にはさすがに焦る。蚊帳より薄い――青い紗の夜を空が纏いはじめている。なんて詩人のような感想を持つ余裕はまだある。落ち着け自分。なんとか下山するのだ。

　早くも冷気を乗せた風が吹き始める。慌ててウインドブレーカーを引っ張り出した。軽くだが山に登る装備はしている。たかだか二時間もあれば優に登れる程度の高さしかないじゃないか。自分を鼓舞しながら足を進める。

闇雲に歩き回って体力を消耗するのは愚の骨頂、こういう時こそ落ち着いてよく考えるものなのだと、もっともらしく記事に書いたこともある。本当は動かない方がいいというのも解っている。なのに実際はこの有様だ。そうだ、戻ったら「もしも遭難したと気づいたら」で特集を組んでやろう。

茸との二本立て、これは売れる。売ってやる！

『おまえはさ、アクションにバッファがないんだよね』

こんな時にまた嫌な奴を思い出した。未城禄亮。俺の同期で、この企画に強く反対したあいつだ。

『情報だの分析だのじゃなくてさ、もっとヒューリスティックにいけよ。おまえのそれはパッションなんかじゃなく、ただの執着、幼児の癇癪だろう？　上のディシジョンにばっかり従っててもベネフィットはあがらない。おまえの理性がおまえのボトルネックになってるからだよ』

二浪して就職した俺に、二歳下のあいつはそう言った。外見は無頼派を気取っているのか、若い頃から無精ひげと咥え煙草、『俺はいつかやりますよ』までがセットだった。見た目も発言もふてぶてしい。典型的なビッグマウス型だ。

月の半分以上を取材だ営業だとほざいては消える。行先を書かない。平気で校了ギリギリまで不在にする。経費は使い放題、領収書は失くす、申請はいつも事後。デスクにいる姿など見たことない。煙草・コーヒー休憩はしょっちゅう、あげく取材先の女性と関係を持ち、その亭主が編集部に怒鳴り込んでくるという騒動まで引き起こした。部の立派な問題児だ。

それでも編集長は彼を可愛（かわい）がっていた。俺にはなにかと渋る癖に、あいつにだけは甘かった。『いつかやる』というあいつの具体的な目標はどうも小説家だったらしく、確かに文章だけは図抜けてうまかった。そこを評価したのか、帰ってきた放蕩（ほうとう）息子は許してやるのが父たるものの寛容さだとか、よくわからないことを語っては、あいつの傍若無人に目を瞑（つむ）っていた。どうも編集長自身も親から勘当された過去があるらしい——というのは後から聞いた話だ。

今もまたあいつは所在不明になっているが、部内で心配しているものなどいないだろう——いないはずだ。

あんな奴はいなくなった方がいい。戻ってこなければいいと思っている人間は少なくない。あんな穀つぶしに給料を払うために、働いているわけではない。なのに俺がなぜ遭難などという憂（う）き目に遭わねばならない。

いや待て落ち着け。思考が滅裂になっている。まだ希望はあるはずだ。沢に沿って歩いているわけでもない（ちなみに遭難したとき、沢を下れば下山できると思うのは大間違いである）。そのくらいの分別は持っている。伊達（だて）に月刊『山墅（さんしょ）ぐらし』の記者じゃない。戻って売れる雑誌を作るのだ。

冷静さを欠いている、とはどこかで気づいていた。

顔を上げる。空に占める青と藍(あい)の割合が広がっていく。本格的に良くない。

『山の祟り(あそこ)は、その、本物だからな。生きて出られんようになっても困るだろ』

冗談じゃない。俺は帰る。絶対に帰らなければならないのだ。

さきほど太陽の位置から確認した南へと向かってはいるつもりだが、方角を間違っていないと言える自信はなかった。この時点で間違いなく俺は遭難していたのだと思う。

だがその時だった。ふと鼻が何かの匂いを捕えた。

かすかに漂ってくる。匂いの強い方へと注意深く足を向けた。良い匂いだ。しかし幻臭ではないだろうか。目に見えない分、余計にそう思う。俺は焦りと空腹で、想像に近いものを作り出してはいないか、と。

だが匂いは濃度を増している気がする。知らず喉が鳴る。出汁(だし)の匂いなんじゃないかこれは。麓が近いのか。知らぬうちに下まで戻って来ていたのではないだろうか。

匂いの方へと惹(ひ)かれるように進んでいけば、緩やかな坂の真ん中に小屋が建っているのが見えた。幻視ではない。薄く煙が上がっていた。隣にある大きな三角屋根の窯(かま)は炭焼き用だろうか。そういえばコナラの木は炭にも適しているはずだった。

思わず目に涙が滲(にじ)んだ。

「あの！　あのすみません！　あの！」

情けないがとっさに出たのがその言葉だ。木戸を叩(たた)きながら、叫んだ。

「助けてください！　あの！」

戸がひっそりと開く。

「……なんだ」

灯りを背にして現れたのは俺より年上と思しき男だった。

「あの、俺遭難しちゃって……その」

「遭難？」

鋭い視線が俺の頭の先から爪先(つまさき)までを一巡した。不躾(ぶしつけ)な視線だが気にならなかった。人がいる。この人に縋(すが)るしかない。ここで機嫌を損ねたら俺は終わりだ。

「下に戻れなくて困っています。助けてもらえないですか」

「何もんだ、お前。ふゆつぐのスパイか」

「ふゆつぐ？」

男が眉(まゆ)を顰(ひそ)めた。だがこちらも必死だ。

「お願いしますっ！」

「……入れ」

ぶっきらぼうに男は言い、中へと下がったらしい。ほっとして足を踏み入れ、直後、目を見開いた。

男は銃を構えていた。抜かりなく俺の後ろに目を遣り、まるで伏兵の存在を警戒しているようなそぶりだ。慌てて怪しい者じゃないんです、俺はこういうもので、と名刺を出そうとして、さらに動くなという言葉を浴びせられた。

「し、尻ポケットに名刺入れが」

ふん、と男は疑い深そうに睨んでから、俺の尻付近に手を伸ばした。すぐに名刺入れが見つかったらしい。引き抜いて中を調べ始めた。

「雑誌記者、か」

どこかまだ警戒を解かない顔で男が問う。

『山墅ぐらし』は山野の別荘、リタイアした団塊世代の第二の人生を紹介する雑誌としてスタートしたが、最近は社会派的な記事も扱うようになっている。名前くらいは聞いたことがあってはくれまいか。

「榛拓也と言います」

「――目当ては?」

鋭い眼光に俺は観念した。

「この中のもの、です」

現物を出すのは憚られたが、男の迫力に適当な嘘は無理だと判断した。バックパックをおろし、男に開けてください、と自ら言う。ジッパーに入れたシャクヤク茸をひとめ見て、男が顎を触った。

「なるほどな」

「この茸をご存知なんですか？」

「知ってるもなにも。よく喰ってる」

「よく⁉　よく、ですかっ？」

信じられない答えに愕然とする。ではシャクヤク茸はこの辺りでは珍しいものではないというのか。ここまで必死で追いかけてきた宝は、この土地では廉価品なのか。

驚きが顔に出ていたのだろう、男は手を振った。

「ああ、麓の者は知らんだろうよ。この山の上でしか穫れん茸だからな。おまえさんよくもまあ、ここにあるってわかったもんだな」

思わず口を開けた。この山のものを口に出来る者——。

「では、あなたは」

「下で聞かなかったか？　山に上がれるのは『御殿』の人間だけだ。俺はそこの次男で鹿茸夏男という」

彼はようやく少しだけ頬を緩めて笑った、ようだった。

小屋の中は思ったより広かった。土間の奥に薪が積んであり、真ん中に炉があった。天井からは大きな自在鉤が降りていて、昔話に出てくるような大きな黒い鍋の尻が火にあぶられている。木の蓋の端から白く湯気がのぼっていた。

揺らめく橙色の火。この色はどうしてこれほど人の心を安心させるのだろう。柔らかなその光に、思わず涙が出てきた。そうだ、助かった……俺は助かったのだ！

「この山は入山禁止だって下で言われなかったか」

ぼそりと言われた言葉に、慌てて腕で目を擦った。炉の側で暖まれと言われたところをみると、もうそれほど警戒してはいないのだろう。

「申し訳ありません……つい」

彼はちらりと俺を見て、炉の側まで歩いてくると機敏な動作で対面に座った。

「ひとまずは運が良かったな。本当に遭難していたら死んでただろうよ」

夏男は鍋の上の箸とお玉を取り、蓋を取った。盛大に湯気があがり、味噌と出汁の匂いが鼻をくすぐった。鍋の中を軽く掻きまわす。傍には七輪があり、網の上で大きな骨付き肉が香ばしい煙をあげている。ジュッという魅惑の音を立てながらタレを炭に落とす。ともすれば腹が鳴るのを、力を込めてなんとかこらえた。

「茸を雑誌に載せたい、か」

「お許しをいただければと思うのですが」

上目遣いに夏男を見る。聞けば年齢は俺より三歳上なだけだった。俺が詳細に事情を白状すると、彼は次第に表情を和らげた。ほっとしたように見えた。

「俺なら構わないぜ。この山の場所と俺らの名前さえ出さないでいてくれるんならな」

「ほんとですか！」

だが夏男はすぐに首を傾けた。

「いや、兄貴と冬次は駄目だっていうだろうな。あいつら完全に保守だから。秋実は……放っておいていいか」

あ、兄貴ももういいのか、と夏男は独りごちている。

よく解らないながらも、ここで了承が取れれば問題の大部分が解決したに等しい。俺は嬉しさを隠しきれず、口元が緩んでくるのを自覚していた。

夏男はお玉に直に口をつけて味を見ている。

「よし。榛、シャクヤク茸よこせ」

「え、これはダメですよ」

大事な戦利品だ。思わず胸に抱えるようにすると、夏男はにやにやと笑う。思ったより表情豊かだ。

「朝になったら群生してる場所に連れてってやるよ。それでいいだろ？　鍋に入れると旨ぇんだよソレ」

食欲をそそる匂いに腹が鳴る。

「シャクヤク茸の別名を知ってるか？」

「別名ですか」

学名で難しいのはあったはずだが……憶えていない。

「花言葉みたいなのが、俺の家には伝わっていてな。ちなみにシャクヤクの花言葉は『恥じらい』だそうだ」

「シャクヤク茸は？」

「『罪と罰』」

弾かれたように顔をあげた。

「これを食べる者は、罪のあるやつだ」

夏男は見透かすような目で俺を見て、唇を歪めた。

「――まあ人間に罪のないやつはいないがな。罪のあるヤツが喰えば舌に苦く、罪がなければただ甘い。しかし苦みもまた旨く、その味から逃げられなくなる。この茸を夢に見るまでに欲し、これしか食べられなくなる。それが罰」

ごくり、と喉を鳴らす。夏男がにんまりと目を細めた。

「喰ってみたくないか？」

その一言で陥落した。ついでに雪襞舞茸も木の葉ちらし茸も自ら差し出した。夏男は声を上げた。

「へえ、おまえなかなか目の付け所がいいな」

よそわれた木の椀(わん)は、見事な刳(く)り貫きの細工だった。丼(どんぶり)くらいの大きさがある。

「すごく立派な椀ですね」

ありがとよ、と返事をされて思わず夏男を凝視する。嬉しそうだ。

「ウチは元々は杣(そま)、木地師として流れてきた一族なんだよ。それが御殿さまと呼ばれるまでに成りあがったってわけ。手先が器用なのは血さ」

木地師とは、文字通り木工細工を生業(なりわい)としていた人々だという。同時に炭焼きなども手掛けることが少なくなく、確かに木を使う職業なら合理的だと思いながら、俺は湯気の立つ椀を受け取った。両手にほんのりと温かさが伝わってくる。

ベースは味噌だ。脂(あぶら)の浮いた汁の中に見え隠れする赤身肉のせいだろうか、とても濃い。少し黒ずんで見えるのは雪襞舞茸か。木の葉ちらし茸は柔らかな茶の色を留めたまま、表面がぬめっていた。几帳面にササガキにされた牛蒡(ごぼう)と、乱切りの玉ねぎ、にんじんが入っている。そして。

「ほらよ」

後乗せされたのは大輪の白色を火であぶったシャクヤク茸だ。はなびらを縁取るように焦(こ)げた焼き目がついている。本当に花のようだ。教えられたとおり椀の上に乗ったそれを箸の先で一束取り、汁にくぐらせてから口に入れた。

　重なっているためか、肉厚だ。シャキシャキとした歯ごたえに、焼いた香ばしさが口の中に広がる。松茸の比じゃない。香り高く——ほろ苦い。その苦みが咀嚼後一転して旨みに変わる。これは確かに幻というに相応しく、罰を受けるというのもうなずける。

　やみつきになる味だ。

　疲労した身体に染みわたる熱々の汁に、食欲をそそる香り茸。

「ああ苦いな。俺も罪人ってことか。でも旨いだろ？」

　夏男は笑うと幼く見えた。都会なら充分にイケメンで通る。面差しに見覚えがある気がしたが思い出せない。彼は豪快に骨付きの大きな肉にかぶりついていた。濃い色のタレが滴っている。さっき焼いていたと思しき別料理だ。

　椀の中に浮いている肉と同じものだろうか。箸でつまんで聞いてみた。

「これはなんですか」

　彼は口いっぱいに頬張ったまま、黙って指を指した。薪の上に何枚かの重なった毛皮らしきものが置いてある。

　狸だろうか。小動物の肉ではあるようだ。一口大に切られた赤身。おそるおそる口に入れた。

「あ、旨い」

少し固めではある。歯ごたえが凄い。だが臭みもなく味もあっさりしていた。なにより滋味に溢れている。これは何切れでもいける。

「おまえのそれはハクビシンだよ、後は鹿と……」

「えっ」

顔を上げる。目を凝らしてもよく見えないが、たしかに黒茶っぽい毛が重なって見えた。剝いだ皮だろう。それよりも——ハクビシンって喰えたのか。

「猪じゃなかったんですね」

「今日は獲れなかったんだよ。猪が良かったか？　食べて呪いが掛かっても知らねえぞ」

「呪い、祟りとは確かに聞きましたけど。このご時世に本当にあるものなんでしょうか」

夏男は眉を寄せたようだった。

「信じる信じないは勝手だし、好きにすればいいと思ってはいるさ。ただ、俺は当事者としてやるべきことをやるだけってやつだ。なんせ命がかかってるからな」

猪や鹿の危険は解るが、それは大袈裟ではなかろうか。

「信じてるんですね、そういうのを」

「命がけでやらざるを得ない状況になってるだけだよ……ま、結局は惚れた女のためだから仕方ないんだけど」

「女？」

意外な言葉が返ってきた。

「俺ら兄弟には共通の幼なじみがいてな。昔から祭りの度に現れて仲良くなった。やがて一人を除いて三人がそいつに惚れた。俺らはその女の取り合いをしているようなもんだ。だから当主の役目は譲れない。その座に着いたものが、彼女を手に入れることが出来るんだからな」

大き目の肉を口に入れた。少し繊維がひっかかる。俺はなんとか奥歯で嚙みちぎりながら、真面目な顔をした。

「へえ、ロマンがありますね」

命がけで手に入れる当主の座は、幼なじみの彼女を手に入れるための試練でもあるということか。

「おまえ、今、喰うのに夢中で適当に返しただろ。あの顔を見たら誰だって好きになっちまうんだからな。シャクヤク茸みたいなもん……あ、こっちの肉も喰う？　まだ味が滲みてないけど、それでも良ければな」

さきほど自分で食べていたらしい肉を取ってくれた。七輪で炙られていた骨付き肉だ。

「いただきます」

気になっていた肉である。かぶりついていた夏男を羨ましく思っていた。タレらしきものに漬けこんだような色合いだ。噛んでみるとハクビシンより柔らかい。脂が多かった。赤身が少ない。大きさから言ってこれが鹿なのだろう。なによりタレの調合が絶妙だった。これは教えて欲しいくらいだ。白米が欲しい。

笑いあいながらお代わりまでして二杯たいらげ、すっかり腹が重くなったところで、いよいよ本格的に訊ねてみた。

「御料山には神無月は入ってはいけないと聞いてきました。祭祀をするためだと。夏男さんはなさらないんですか？」

夏男はきょとんとした顔をする。

「……してるだろ？」

今度は俺が首を捻る番だった。なるほどな、と夏男は腑に落ちた声を出し、刳り貫きのコーヒーカップを置いた。几帳面にドリップまでしたコーヒーだ。

「おまえ、全部は聞いてないんだな。そりゃそうか、外聞もよくないもんな」

夏男は頭を掻く。

「外聞？」

「ここの山の神は女神だ。そのせいか、山の祭祀を司る家の者には男子が多く生まれるんだ」

鹿茸家がまさにそうだという。

「ウチが成りあがった伝説のひとつに、この山神と取引をしたことが伝わっている。家と集落の繁栄の代わりに、御供（ごく）を捧げることでな」

「御供？」

夏男は肩を竦（すく）めた。

「聞いたんだろ？　代々御殿の領主は狩りが好きだったって」

俺は声をひそめた。

「罪人や旅人も殺していたとか」

夏男はうなずいた。

「そういうこともあったかもしれないな。……まあ、早い話が原因は飢饉だ」

この地方は度々飢饉に襲われてきた土地なのだという。

「山の神ってさ、春と夏は里に降りて田の神として人と交わり、秋の終りに山に戻るんだ。春夏で何か粗相でもしでかせば翌年には即飢饉になる。山神は気難しく、そのうえ貪欲（どんよく）で、しかも祟りは迅速（じんそく）だからな」

そんなことが何年も続けばたまらない。土地も人も干上（ひあ）がってしまう。

「飢饉年の度に領主である鹿茸家は、御供を差し出して怒りを鎮（しず）める役を担（にな）ってきた。獣を狩り、時には人身御供さえ差し出した。それで実際に飢饉を凌（しの）いできたと言われている」

ここは厳しい土地だったのだろう。優しい自然の、実り多き恵まれた土地ではなかった。その厳しさを山の神の怒りに仮託し、貧しい集落から集めた、あるいは危険を冒して狩った、せめてもの供物を捧げることで少しでも厄災を逃れようとしてきたのだ。

なるほど、だから異人殺しか、と俺は妙に納得した。

——ここの神は、人喰い、だ。

ちなみにこの話は外では言うなよ、と夏男は人差し指を唇に立てた。

「ここの神さんは、地獄耳だからな」

外というのは世間という意味ではないらしい。物理的にこの小屋の外ということだぞうだ。

「まるで会ったことがあるような口ぶりですね」

まあね、と夏男はなぜかすこし照れた風を見せた。

「山のものには手を付けてはいけないと言われましたが」

「神への御供だからな。祭祀に関わらない人間が勝手に引いていいもんじゃないという感覚があるんだろ。その割に筍は結界下のことだからって都合よく線引いてるけどな。祟りだ呪いだ獣は食えないというのも、御殿の領主が快楽殺人者風なのも、結局は自分たちの飢饉年をなくすために、むしろ率先して旅人を御殿に案内してきた、共犯めいた罪悪感を隠すためじゃないかな」

外聞が良くないとは——そういうことか。

「では神無月の祭祀というのは」

「いつもは新嘗祭(にいなめさい)だよ。でも去年親父が亡くなったから、今年のは違う。当主が死んだら鹿茸家は代を替えるんだよ。簡単に言えば、山神の婿(むこ)になる者を選抜するんだ」

俗な言い方だが、神職たる資格を問う儀式でもあるということなのだろう。

「さあて、ここで問題だ。山の神はどんな男が好きでしょう」

俺は腕を組んだ。

「……御供をたくさん捧げてくれる男?」

「正解だ。あいつを諦(あきら)めたんだから、余計にな」

どういうことだと訊(き)いた俺に、夏男は首を振った。

「こちらの話だ。御供は数があればあるほど良しとされる。だから、今、俺ら鹿茸の一族は、供儀祭祀の真っ最中ってわけ」

ずどん、と猟銃を撃つ真似(まね)をする。

俺はようやく理解した。神に捧げる御供を狩る祭祀。流れ弾に当たる可能性のある、物理的な危険というわけだ。

「でも食べちゃっていいんですか、せっかくの御供を」

「いいんだよ。そもそも御饌はさ、神に捧げた後、祀る者が戴いて初めて御供になるんだぜ」

だからいっぱい獲っていっぱい喰うんだよ、と夏男は言う。

自分のためにたくさんの御饌を供えてくれる男を決め、代替わりとする。いかに自分を大切にしてくれるかで次代を決めるというのは、野生動物の求愛にも似ている。祀りと御供を要求し、守らなければ覿面に祟りをなす。随分と即物的な山の神だが、その力が強いことをも意味する。集落が畏怖してきたのも当然だろう。

ここはやっぱり宝の山だ。名を秘すれば記事には出来る。この伝承は面白い。これであの男——末城にも最後の最後で充分な差をつけることができる。

「勝ったな」

思わずこぼれた本音に、夏男が反応した。

「勝った？」

「いやね、職場の同期に、いけ好かない奴がいまして」

俺は奴のことを話した。傍若無人で我儘放題。編集長はそれを黙認する。見ていて苛々する男がいるのだと。

聞き終えて、夏男は立てた膝に頬杖をついた。

「つまり、あんたは編集長を尊敬してるわけだ」

ぽかんと口を開けた。

「えっと夏男さん、俺の話聞いてました？」

聞いてた聞いてた、と夏男はおかしそうだ。

「その末城って同期は、かなり好き勝手してるわけだろ？　同じことをやったらあんたは編集長に叱られる。でも末城は叱られない。許されている」

「そうです」

「その末城って人、あんたはビッグマウスって言うけど、ちゃんとした記事を書く人なんじゃないの？」

虚をつかれた。

「そうじゃなきゃ、『勝った』って言葉は出ないでしょ。あんたもどこかで彼を認めていた。じゃなきゃ編集長って人がその男の傍若無人を許すはずもない。露骨な依怙贔屓（えこひいき）がまかりとおる世界でもないだろうし。苛々させられるってのもその辺に由来してるんじゃないの？」

俺は黙った。言われてみて初めて気づく。あいつの記事は文章の上手さで評価を得ているような気がしていたが、確かに中身が悪ければあの編集長が黙って誌面に載せることはしないだろう。ギリギリまで取材をしていたのも、本質に、真相に肉薄したものを書いていたから。メインを張ることが多かったのもそのせいか。

夏男は妙に澄んだ目を向ける。

「編集長は未城さんを買ってた。あんたはそれが羨ましくて、自分も同じように編集長に認めてもらいたかった。……だから必死になってシャクヤク茸を穫りに来たんだ」

あいつのことを認めるのは業腹だが、否定できないのも確かだった。

『簡単に手に入らない茸の情報を、どこの誰が欲しがるって言うんです？』

棘はあるが間違ってはいない。だからこそ、俺はあれほど激怒したのだ。頭のどこかにあった不安を言い当てられたから。

「あんたにとって、編集長ってのはかなり大きな人物なんだな」

就職試験の際、本当は落とされる側に居た俺を、掬い上げてくれたのが編集長だと聞いた。入社してから知った話だが。面接で何がしたいのかと問われ、「人に認めてもらえるような仕事をしたい」と言った俺に、他の面接官は一様に×をつけたという。

当然だ。未城に負けないほどの大口。名を揚げたいと放言したにも等しく聞こえただろう。

しかしあの人はこう言ったのだそうだ。

『功名心からの発言じゃないと思うよ。彼はちょっと言葉が足りないだけだ。自分に自信がないんだろう。誰かにそれでいいよと背中を押してもらいたいだけなんじゃないか。それが彼の言う、人に認めてもらうってことなんだろうよ』

　俺はその言葉を宝物のように持ち続けている。俺の言わんとしたことを汲み取ってくれた。理解してくれた人だ。尊敬しているのは間違いない。だからこそ、俺はあの人に認めてもらえるような、恩返しが出来るような仕事をしたかった。

　しかし――その編集長は俺ではないあいつを重用している。

「あいつは人間としては下の下でした」

『おまえもあの程度の編集長に尻尾ばっかり振ってないで、もっとその先を見ろよ。俺はもっとビッグになるぜ』

　それは引き抜きを匂わせる言葉だった。

『あの人はあそこ止まりだ。俺はあの人を越えていく。ま、せいぜい弱小雑誌の編集長でございって顔してればいいさ。俺は狭い世界に縛られるのは二度とごめんだからな』

　俺は拳を握った。

「あいつは身勝手だ。すべてを捨てていく。恩も厚意も信頼や期待さえ簡単に。許せない……俺は、それが許せなかったんです」

　あいつの最後――恨めし気な目の光が甦る。首を振ってそれを追い払った。

「いいね」

　夏男は眩しそうに俺を見た。

「あんた、見かけによらずなかなか熱いな。ちょっとばかり周りが見えてないきらいはあるけれども。どこか同じ匂いがする。その未城って奴もなんとなく……似た匂いのする男を知ってる。勘当されたすぐ下の弟だけどな。頑固で茸嫌いで、恵まれた立場をすべて捨てて、狭い世界は嫌だと抜かして出て行ったきり戻らない。どこにいても現状に満足することを知らず、自分は何者かになれるのだという哀れな夢に取り憑かれた病人さ。俺には理解できないが」

夏男はぱんと手を打ち鳴らした。

「気に入ったよ榛。無事に下山出来るように協力してやる……とはいっても、俺もまだ供儀真っ最中だからなぁ」

困ったような顔になった。慌てて俺は首を振る。

「あ、でも途中まで送っていただけたら、後は携帯の電波も届くと思うんで」

「まあそうなんだけどな。問題は俺が下山できるかってところでもあってな」

「え?」

夏男は苦笑する。

「入ったら出られない山って聞いたんだろ?　それって嘘じゃないんだよね。そもそもあのヒトは気に入った者しか里へ戻さないから。だからあんたは運が良かったって言ったんだよ、生きてこの小屋に辿りついたんだから。気に入られてるのかもな」

「どういう……」

「だから」

その時だった。

バンという大きな音とともに俺の隣の壁が粉砕した。

「伏せろ！」

夏男は機敏な動きで猟銃を取ると構え、すぐさまその粉砕した穴へ向かって撃ちこんだ。

「冬次ーっ!!」

撃ちこんですぐに身を躱(かわ)す。第二波は直後に来た。小屋の窓ガラスが割れる音がした。

「夜は停戦だろうがっ！」

クソ、と言いながら夏男は弾丸をポケットにつめている。

「な、夏男さん？」

「夜が明けるまで小屋(ここ)にいろ。外に出たら命の保証は出来ないぞ」

夏男はそう言うと、小屋の隅にしゃがんだ。

小さな蓋を開けて手を押し付ける。そのとたん、床下収納らしき戸が開いた音がした。

「だ、大丈夫なんですか」

「俺らは産まれた時から兄弟それぞれに小屋が割り当てられててさ。それぞれ改造してんの。抜け道と避難場(シェルター)。開けとくから困ったらここ入ってもいいぜ。そんで俺が無事に戻って来れれば一緒に出よう。それまで外には出るなよ。俺は絶対あのヒトを諦めねえ」

頑張ってくるぜ、というなり、夏男はその地下の抜け道へと姿を消した。

俺は恐る恐る頭を起こした。周囲を見回す。鍋には当たらなかったようだが、粉砕した壁の大きさから察するに、かなり大きな口径の弾丸を撃ち込まれていたらしい。散弾ではなかったのが不幸中の幸いだろうか。

また銃声が聞こえた。撃ちあいを始めているのだろうか。恐怖から這うようにして土間に降りて背を凭れさせ、ようやく大きな息を吐いた。

緊張から喉が渇く。水を探して土間をさまようが見当たらなかった。クーラーボックスが置いてあり、開けて見ると、中に数本のペットボトルと、保冷剤、きちんとジッパーに入れられた肉や野菜が見えた。夏男は綺麗好きなのだろう。

ペットボトルを一本もらい、飲んでいると夏男が降りていった抜け道の、開け放たれた戸が気になった。近づくと、梯子がかかっている。鍵は横の小さなタッチパネルだ。指紋認証。一度閉めたら簡単には開けられない仕組みのようだった。

地下はコンクリートで補強されており、電気も点いていた。いつ何時銃弾が襲って来るか解らない小屋よりも、ここの方が安全かもしれない。

笑う膝を叱咤しながらその梯子を降りた。

ひんやりした場所だった。空調が効いているのか、もともと氷室(ひむろ)なのか判然としない。ビールのような樽(たる)がいくつも置いてある。だが脱臭機能があるのか、抜け道と言う割に籠(こも)った臭いもしなかった。

樽の側には大きなガラス瓶がいくつも置かれている。透明な瓶は酒だろうか。タレらしきものもある。肉を漬け込んでいるのはここだったか、と納得した。数個のそれらは見たことがある。梅酒なんかを漬け込む、あの大きなガラス瓶だ。

何の気なしにそれを覗(のぞ)き込んだ時だった。

「う、うわあああ！」

思わず大声を上げた。酒らしき液体の中には男性の生首が入っている。見開いた目は白濁しており、髪の毛が海藻のように揺れていた。

慌てて俺は梯子を上がった。あれはなんだ。息を整えて戸を振り返る。もう一度降りて確認する気にはならなかった。

どういうことだ。彼らは今、供儀祭祀の真(ま)っ只中(ただなか)だと言った。この山神はたくさんの御供を捧げるものを好むのだと。

『命がけ』

思えば夏男は何度もそう言った。いやこの村に入ってからもことあるごとにそう言われた。狩りの最中に流れ弾に当たる危険を指しているのだと思いこんでいた。

『俺らはその女の取り合いをしているようなもんだ』

――文字通り、当主の選出が殺し合いで決められるのだとしたら。

そういえば、夏男はこうも言っていた。

兄貴も、もういいのか、と。

あの首が鹿茸家の長男だとしたら、冬次という弟との殺し合いで勝負がつくのか。

「待てよ」

俺はとんでもないことに気が付いた。

あのタレらしき瓶。あそこに漬けこんだ肉は――。

『食べちゃっていいんですか、せっかくの御供を』

『いいんだよ。そもそも御饌はさ、神に捧げた後、祀る者が戴いて初めて御供になるんだぜ』

とたんに胃が焼けるほどの熱さを感じた。込み上げてくる嘔吐をこらえきれず、土間にぶちまけた。

旨そうな、あの骨付き肉。明らかにハクビシンではない柔らかな肉は――。

ペットボトルの水で口を漱いで、俺は空を睨んだ。吐き気のように笑いが込み上げてきた。

「やっぱり、ここはたからのやま、だ」

光明が射した気がした。胸が躍る。夏男は――俺たちは同じだ。

『編集長を侮辱すんのか！』

暴言に思わずあいつの胸ぐらを摑んだ。

『尻尾振り過ぎなんだよ、おまえは。構ってちゃんか。いい加減に現実をみろ？　この部にいたって、ジリ貧なのは目に見えてんだろ？　尊敬してます憧れますって表に出しすぎなんだよ、てめえの親父かっての』

それはあいつを路上で拾い、車に乗せた時の会話だ。帰社予定だったあいつに付き合えと言って人気と監視カメラのない山中に連れ込み、車内で絞殺した。車の中に梱包用の紐が無ければ、一緒に崖からダイブしていたかもしれない。

小さいころに実父とは死に別れた。俺にとっては編集長は親父も同然だ。それをせせら笑う未城が許せなかった。

死体はマンションの冷凍庫の中にある。夏男よろしく、ぶつ切りにしてきちんと整理して入れている。首と手足だけ処分に困り、ビニールで包んだ。処理をどうするかに頭を悩ませていた。

常に予定がわからない男だったのが幸いした。誰かが騒ぎ立てるにしても、まだ少し時間がある。

最初は山頂に埋められないかと考えた。今回はその下調べのつもりでもあった。だからこそ、絶対に遭難など出来なかったのだが。

――皮と骨は炭焼きの窯で焼いて崩せばいい。肉は食べれば後には残らない。なんて素晴らしい処理方法だろう。

「……生き残ってくださいよ、夏男さん」

俺たちは似ている。憧れた人に振り向いてもらうため、なりふり構わないあたり。

――きっと解り合える。

まんじりともせずに夜を明かした。


銃声は聞こえない。決着はついたのだろうか。

ガラスを片付け、震えながらも火が切れないようずっと番をしていた。幸い薪はたっぷりあった。

夏男ではなく弟が勝った場合についてもシミュレーションした。携帯に納めた、あの酒漬けの生首。脅された場合の取引に使えると踏んだ。

そういえば、と俺は灰を掻き出しながら、ふと思い返した。

『そんで俺が無事に戻って来れれば一緒に出よう。それまで外には出るなよ。俺は絶対あのヒトを諦めねえ』

唐突に、一昨日の夢を思い出した。四人の兄弟。真ん中に突如として現れた女性。

なんとなく彼女のような気がした。絶大な力を持つ——この山の主。

「命がけのラブロマンか」

彼らを惹きつけて止まない、その姿を見てみたい気がした。


陽が昇ったらしい。銃声はないままだ。抜け道からの足音もない。

『入ったら出られない山って聞いたんだろ？　それって嘘じゃないんだよね。そもそもあのヒトは気に入った者しか里へ戻さないから。だからあんたは運が良かったって言ったんだよ、生きてこの小屋に辿りついたんだから。気に入られてるのかもな』

——気に入られているのだと信じたい。

ガサリ、と表で音がした。戻ってきたのだろうか。

矢もたてもたまらず戸を開けた。太陽がまぶしい。走り出る。

「夏男さん！」

その瞬間、胸部に衝撃が走った。膝から力が抜ける。視界いっぱいの空が一気に反転する。

これはどちらの凶弾か。撃った人物の顔は見えない。倒れ込む俺の耳に、民宿の主人の声が甦る。

『大昔は旅人も御殿に泊まるしきたりだった』

俺は旅人、集落外の異人だ。気に入られた理由を考えるべきだったのだ。——ここは誰にとっての「たからのやま」かということを。

地に伏せる。横を向いた顔のそばで土の匂いがした。

みるみる狭まっていく視界に、美しい女の足先が見えた。泥跳ねの染みさえない素足。

夏男が焦がれてやまなかった、そのヒトの。

白い足は膝を折り、俺の頭を柔らかな手が包み込んだ。

まだ見えない。せめて、顔を見たい。

せめて。

暗闇に——シャクヤク茸の香りがした。

赤剝け兎

あさのあつこ

あさのあつこ　Asano Atsuko
1954（昭和29）年岡山県生れ。'97（平成９）年『バッテリー』で野間児童文芸賞、2011年『たまゆら』で島清恋愛文学賞を受賞。他の著作に『NO.6』『ぬばたま』『末ながく、お幸せに』『ハリネズミは月を見上げる』など多数。

電話が鳴った。

スマホではなく固定電話だ。

ルル、ルル、ルル。

最初は遠慮がちだった呼び出し音が、徐々に大きくなる。そういう設定にしてあった。設定したのは、夫の文彦だ。

「目覚まし時計と同じさ。ほらほら、早くしろよって急かされる気分になるだろう」

「電話にまで急かされるの嫌だな」

「彩美はのんびりやだからさ。ちょっとぐらい急かされた方がいいかもな。あ、でも、慌て過ぎて転んだりするなよ。けっこう、慌てん坊のところもあるだろ」

「うわっ、ひどい。のんびりやなのに慌てん坊だなんて、最悪じゃない」

「そんなことないだろ。おれは、彩美ののんびり慌てているところ、好きだけどな」

そんなやりとりの後、文彦は屈みこみ彩美を抱き締め、唇に軽く口付けをした。結婚して一年半が経つ。もう新婚とも呼べないだろうに、まだこんな甘い行為を不意に仕掛けて来たりする。そんな男が愛しく、そんな行為が嬉しかった。

ルル、ルル、ルル。

ルル、ルル、ルル。

音がどんどん大きくなる。リビング中に響く。

「はいはい、今、出ますよ」

掃除機を止めて、電話に返事をする。

もしかしたら、文彦からかもしれない。「久々にどこかで豪華ディナーでもいかがでございますか、女王陛下」。軽やかな笑い声を伴った誘いかもしれない。きっと、そうだ。

先月の末日が初デートの記念日だったが、文彦の仕事の都合で祝うことができなかった。文彦はそれをずっと気にしていたのだ。結婚記念日や誕生日ではなし、初デートの日までイベントにしなくてもと彩美は苦笑したが、文彦は真顔で、「初デートで交際を申し込んで、彩美にＯＫをもらった。おれにとって、ある意味、結婚式より重要な日なんだ。どこかでゆっくり時間をとって、お祝いしような」と告げた。

それが今日なんだ。

だから、わざわざ家の電話に連絡してきたのだろう。まだ三十代なのに、文彦には妙に古臭い面があって、自分にとって大切なことはスマホで伝えたくないと言う。スマホより固定電話、メールより手紙、ツイッターより日記が性に合っていると言う。ほんとうに古臭い。でも、その古臭さが人としての美点に繋（つな）がっている。どっしりと地に足をつけ、世の中の流行（はや）りや噂話（うわさばなし）に流されない。古臭くて逞（たくま）しい根っこが生えている。

大樹のようだ。

その太く張り出した枝に守られ、生きていける。

ううん、守られるだけじゃない。あたしも文彦を守り通す。

三月前に念願だった彫金の教室を開いた。最初は赤字覚悟だったが、意外なほど好評でかなりの数の生徒が集まった。僅（わず）かだが毎月、利益が出ている。この調子なら月々、まとまった収入を得られるかもしれない。文彦とは遠くない将来、一戸建てを持ちたいと話し合っている。今住んでいるテラスハウスもちっとも悪くはないのだけれど、やはり自分たちの家を建てたい。文彦の設計した我が家だ。

子どもも欲しい。二人は欲しい。文彦は一級建築士として働き、ゆくゆくは独立をと望んでいる。彩美自身も教室を広げたい。公民館の一室を借りうけての細々としたものではなく、『吉岡彩美　彫金教室』の看板を堂々と掲げたい。新居にそれ用の一角を設けてもいいかもしれない。

お金は幾らでも必要だ。幾らでも必要で……だから……。

ふっと兎が見えた。鰐鮫の上を走り対岸を目指した小さな兎。

頭を振る。

幾らでも必要だ。だから、がんばろう。夢だった仕事につけて、自分なりに稼いでいける。大切な男と二人で未来を設計していける。日々の暮らしに追われるのではなく、顔を上げ、前を見据えて進んでいけるのだ。

幸せだ。何て幸せなんだろう。

吐息が漏れる。気持ちが弾んでくる。

ルル、ルル、ルル。

ルル、ル。

「はい、もしもし、吉岡です」

弾んだ声のまま薄青色の受話器を取り上げた。

返事はなかった。

「もしもし、もしもし……」

悪戯だろうか。ただの悪戯？

彩美は受話器を握り、耳に押し付ける。

気配がする。誰かがいる。黙したままこちらを窺っている。

沈黙は闇と同じだ。暗くて底無しで、油断すると引き摺り込まれる。引き摺り込まれてはならない。暗い流れに溺れたら、二度と浮かび上がれなくなる。渡り切るのだ。

明るくて温かく幸せに満ちた対岸にどうでも、渡り切る。いや、あたしは既に渡っている。片足を岸辺にかけているのだ。あたしは因幡の白兎とは違う。

これはただの悪戯電話。受話器を置けばお仕舞いになる。

「……彩美」

闇が揺れて、微かな声になった。

「彩美、あたし……」

息が詰った。喉を締めあげられるようだ。ずくん、ずくんと鈍い音が耳底でする。動悸の音だ。心臓が縮まり震えている。

「……瑞恵……なの」

ほうっ。吐息が聞こえた。

「そう。覚えててくれたんだ」

声が俄かに現実の輪郭を持つ。掠れて低いけれど、まだ若い女のものになった。

「久しぶりだね」

「うん……」

何年ぶりだろう。考えたくもない。

「香奈が死んだの、知ってた」

「え？」

ああ、やっぱりと、瑞恵は語尾を心なし持ち上げた。こういう、どこか不遜を感じさせる物言いは昔のままだ。

「知らなかったんだ。小さな記事だったけど、新聞には載ったみたいよ」

「新聞？」

新聞に載ったとは、尋常な死に方ではなかったということか。

「車とぶつかったの。香奈が突然道路に飛び出して、トラックのタイヤに巻き込まれたんだって。ほとんど即死だったみたい」

「じゃあ……交通事故なんだ……」

安堵する。轢死を尋常な死とは言わないだろうが、少なくとも異様な死に方ではない。

「殺されたんだよ」

こほこほと、瑞恵が咳いた。言葉が喉にからんだかのようだ。湿った嫌な咳だった。

「殺された？」

「そう、香奈は殺されたの。あの女に」

彩美が言い返すのを遮って、瑞恵は続ける。

「そうだよ、あの女。あたしたちが殺した女に復讐されたの」

喉の奥から悲鳴がせり上がってくる。辛うじて、飲み下す。

「何を……何を言ってんのよ、瑞恵。いったい」

「香奈がそう言ったのよ」

激しい口調が再び、彩美を遮る。

「あの女がよみがえってきた。あたしはとり殺されるって、喚いてたわ。怖くて、怖くてたまらないって」

「あんた、香奈と連絡とってたの」

驚いた。驚きに刹那、不安と怯えを忘れる。

「……まあね。連絡してくるのは、香奈からばっかりだったけど」

「いつから、いつから会ってたわけ」

ふっ。受話器の向こうで瑞恵が嗤った。見えはしないが、感じる。

瑞恵は美しい女だった。目鼻立ちがくっきりして、肌理が細かい。十代のころからどこか崩れた色気があって、一緒に歩いていると、しょっちゅう男が振り返った。そして、ある者は素早い一瞥を、ある者は無遠慮な視線をまじまじとぶつけてきた。

ふっ。男たちのどんな目付きも瑞恵は鼻の先で嗤っていた。あの蔑むような嗤いが、彩美の耳に触れる。

「相変わらずね、彩美。臆病で心配性でいつもおどおどして。ふふっ、でも、いざとなったら大胆だよね。三人の中で、あんたが一番、胆が据わってたかも。なんせ、あの女の」

「止(や)めて！」

叫ぶ。今度は飲み下せなかった。言葉がほとばしる。

「止めて、止めてよ。あんた、あたしを脅してんの」

「脅す？　あたしが彩美を？　何で、そんなことできんのよ。あたしも、共犯なのに」

共犯。鼓膜に突き刺さってくる。共犯。

唐突に、瑞恵の声が震えた。

「あたし、怖いのよ。本当に怖くて……。でも、誰にも言えないじゃない。あんたしかいないじゃない。どうにかして、あんたと連絡、取れないかって探してたら……あんたの彫金教室のホームページを見つけて……それで、それで電話番号を……」

彩美は目を閉じた。

教室を開くときも、ホームページを立ち上げたときも、宣伝用のチラシを作ったときも躊躇(ちゅうちょ)はあった。

いいのだろうか。こうやって、僅かでも目立ち、自分を大勢の人たちの前に晒(さら)していいのだろうか。それまで、彩美はＳＮＳなどにはほとんど手をつけなかった。嫌いだとか不得意だからではなく、見知らぬ他人と繋がることを極力、避けたかったのだ。

目立たぬように、決してスポットライトを浴びないように、誰の目にも止まらないように生きねばならない。

わかっている。しかし、もう十七年だ。あの日から十七年が過ぎた。もういいだろう。もういいはずだ。

文彦の力を借りて、『吉岡彩美　彫金教室』のホームページができあがったとき、彩美はただ晴れがましかった。これまで彩美の生み出した作品が、画面の中で煌めいている。生成りのエプロン姿で微笑んでいる彩美自身もいた。飛び抜けた美女ではないが、満たされた幸せな女の笑顔だった。

晴れがましい。誇らしい。

あたしは対岸に渡ったのだ。暗い海を渡り切った。

「……香奈とは偶然、出会ったの。一年ほど前かな。あたしが仕事で立ち寄ったN市の駅前でばったり。香奈、ずっと、N市に住んでたそうよ。こういうの、腐れ縁って言っちゃっていいのかな。まさか、偶然に出会うなんてねえ……。そのまま、知らん振りして別れちゃえばよかったんだけど……、そういう約束だったものね。島を出たら、二度と連絡を取り合わないし、会いもしない。万が一、偶然に出会っても知らん振りしようって。あたしたちは、まったく見知らぬ赤の他人になろうって……約束したよね」

そうだ、約束した。誓い合った。

香奈、瑞恵、彩美。三人の人生が交わることはもう二度となかったはずだ。

「けどさ香奈から、話しかけてきたんだよ。あたしに気が付いて、駆け寄ってきた。久しぶりだねって。あの娘、淋しかったみたい。あたしも香奈も独身で、身寄りは一人もいなくて、香奈は仕事も不安定で、アパートに一人暮らしで、将来が不安だって愚痴ばっかり零してたよ。まあ、愚痴っぽい性質だったよね、昔からさ。でも……あの事には一切触れなかったよ、あたしも香奈も。まあ、当然と言えば当然かもしれないけど……。ただ、香奈は男に振られたばっかりだったみたいで、『やっぱり、あたしたちが幸せになれるわけないよね』なんて呟いてたけど。くらーい感じでね」

もう駄目やわ。こんなことしてしもうて、あたしたち終わりや。

泣きじゃくっていた香奈の姿が浮かぶ。

「そのときは、そのまま別れた。でも、スマホの番号、教えちゃったんだよねえ。どうして、そんなことしたのか、今でもわからない。あたしも淋しかったのかな。恋人はたくさんいるけど、やっぱり、心のどこかで幸せになっちゃいけないみたいな気持ち、あったのかもしれないな……」

これは、皮肉だろうか。幸せな笑顔を晒したあたしへの皮肉。

「でもね、それっきりだったの。香奈からはそれっきり電話なんかなかったし、あたしもむろん、しなかった。でも、一月ぐらい前に急に連絡が来るようになって……助けてくれって」

「助けてくれ？」

「うん。あの女が現れた。殺されるって」

「そんな馬鹿な……」

「あたしも同じこと言ったよ。馬鹿なこと、言わないでって。でも、香奈は怯えきってて……。まともな精神状態じゃなかった。でも……香奈が死んだとなると」

「……どういうこと。あの女が現れたって……」

数秒の沈黙、そして、呟き。

「わからない。でも、あの女を……但馬結子を香奈は見たんだよ」

但馬結子。

痩せた老女だった。いや、違う。老女と呼ぶような年ではなかった。まだ五十前だった。今の彩美と十ほどしか違わなかったのではないか。

記憶の中でいつの間にか、但馬結子は白髪だらけ、皺と染みだらけの老女になっていた。醜くて、独り善がりで、身勝手で、強権的で支配欲ばかりが強い。そんな大人の嫌らしさを具現した存在になっていた。だから、除いてもよかったのだ。潰してもよかったのだ。無理やり、そう思い込もうとしていた。

「見たって……そんな……」

「見たって言うんだもの。電車に乗ってて駅に着いたから、ふっと窓の外を見たらプラットフォームに立ってたって。香奈、見間違いだ、見間違いだって、自分に言い聞かせてたんだって。まあ、あたしでもそうする。見間違いに決まってるって思おうとするよ。あの女がプラットフォームにいるわけないもんね。けど……、翌日、郵便受けを開けたら……」

瑞恵が喉を鳴らす。

「髪の毛が入っていて……。長い白髪交じりの髪で、根本に血がついていたって……」

返事ができなかった。

耳元で何かが擦れる音がする。手が震え、受話器が耳に擦れているのだ。その音があの日の風音を思い起こさせた。

「覚えてる？　香奈、あの女の髪を摑んで、力いっぱい引っぱったじゃない。髪が抜ける程強くさ」

そうだったろうか。

覚えていない。

「嫌な音がしたよね。頭皮の剝がれる何とも言えない音……。髪の毛を見た瞬間、その音がよみがえってきたって。頭の上から降ってくるみたいに聞こえたんだって。そして、耳の奥でわんわん響き出した。香奈がそう言ってたよ。喚くみたいに言ってた。それから怖くて、郵便受けは開けられなくて……。そしたら」

もう一度、瑞恵の喉が鳴った。

「今度は部屋のドアの隙間(すきま)に、はさまっていて……。臭(にお)いまでして……腐臭だよ。肉の腐った臭い。それからも、あの女がふっと現れて……アパートの窓ガラスに映ってたり、夕暮れの人混みの中からじっと見ていたり、バスタブの底に髪の毛が張り付いていたり……。香奈、怯えて怯えて……助けてくれって、あたしに何度も何度も電話をかけてきた。あたしまで、おかしくなりそうだったの。あたし……正直、香奈が狂い始めてるんだと思った。罪の意識に耐えかねて、狂い始めたんだと。だから、香奈があたしに会いたいって、どうしても会いたいって何度、懇願しても会わなかったの。会ったら、香奈の狂気に引き摺り込まれそうで……。怖くて……」

「うん……」

初めて同意の返事をしていた。

彩美でもそうするだろう。過去に搦(から)め捕られてもがく香奈に、手を差し伸べる勇気はない。

「一週間前もそうだった。香奈、引っ越しするつもりで部屋の片づけをしていたらしいの。それで、押し入れの戸を開けたら……あの女がうずくまっていて……。香奈、部屋から逃げ出して……走りながら、あたしに電話してきた。助けて、あの女が追いかけてくる。もう逃げられない、助けてって……直後にすごい音がして、何にも聞こえなくなった。あのとき、香奈、トラックに轢かれたんだよ」

彩美は受話器を強く握り締めた。

「香奈は心が病んでたんじゃないの。それで、幻覚に振り回されてしまったのよ」

そうだ、そうに決まっている。

心が病んで、弱って、罪の意識に捕まってしまった。いもしない女を見て、ありもしない臭いを嗅いだ。

「聞いたのよ」

瑞恵が叫んだ。

「香奈の携帯はめちゃめちゃに壊れたはずなのに、あたし、ちゃんと聞いたのよ」

叫び続ける。その叫びがぴたりと静まった。

「瑞恵……?」

「次はおまえたちだ」

「え……」

「……確かに、聞いたの。彩美、次はあたしたちなんだよ。あの女は、あたしたちを怨んでる。呪ってる。取り憑いて殺そうとしているんだ。ねえ、どうしよう。次は、あたしたちだよ」

「瑞恵、落ち着いて。あの女は……もう、死んでるのよ」

「だからじゃない。生身の人間なら不可能でも、幽霊ならできる。彩美、あたしたち、殺されるよ。香奈みたいに呪い殺される」

「そんなことあるわけないでしょ。あれから、何年、経ってると思うの。十七年だよ。十七年経って復讐？　呪い？　ありえないよ」

そうだ、ありえない。

あまりにも時間が経ち過ぎている。

「十七年だからだよ」

瑞恵が笑った。けたけたと箍が外れたような奇妙な笑声が響く。

「十七年だから、よみがえったんじゃないの。あんた、知らないの。あの言い伝え」

「何のこと……」

「十七忌のことだよ。この世に怨みや未練を残して死んだ者は、十七年経って、それを晴らすためによみがえるって。島に昔から言い伝えられてたじゃない。だから、死んで十七年経ったら、魂鎮めの法要をするんだよ」

「そんなの、初めて聞いた」

「そう。じゃあ一つ、利口になったね」

けたけたけた。けたけたけた。

あまりに笑い過ぎたのか、瑞恵はまた咳き込んだ。

「……信じる、信じないはあんたの勝手だけど、香奈が死んだのは事実だよ。N市の路上でトラックに轢かれて……頭を潰されたんだよ。タイヤの下敷きになったから……ひっ」

瑞恵が悲鳴を上げる。荒い息遣いが伝わる。

「瑞恵、もしもし……もしもし、ちょっと、どうしたのよ」

「誰かがいた。窓の外に」

「えっ、えっ、何言ってるの」

「やだ、怖い。ここ八階なんだよ。人なんているわけないのに。やだ、やだ、彩美、助けてよ。怖い、怖い」

「瑞恵、落ち着いて。しっかりしなさい」

ブツッ。

電話が切れた。通話が途切れた証の機械音。それだけが耳に届いて来る。他は何もない。

彩美はしゃがみ込み、目を閉じた。

十七忌。そんなもの、知らない。

十七年前に罪を犯した。金欲しさに、罪を犯した。よみがえったのは、その現実だ。

雨音がする。

さっきまで晴れていたはずなのに、雨が降っている。窓ガラスを幾筋もの雨粒が伝っていた。


雨が降っていた。

豪雨だった。

台風が小さな島を飲み込もうとしていた。

「本当に、やるん」

香奈が問うてくる。

さっきから、何度目だろう。

やっぱり、連れてくるんじゃなかった。

彩美は心の内で舌打ちした。ちらと瑞恵を見やると、肩をすくめていた。同じことを考えていたらしい。

連れてくるんじゃなかった。足手まといになるだけやが。


人を傷つけるつもりなんかなかった。ただ、お金が欲しかっただけ。島を出るためのお金が欲しかった。

　三人は島の西北端の村で生まれ、育った。小さな漁港を幾つも抱え、日本海に浮かぶ島は、夏こそ海水浴客で賑(にぎ)わうけれど、他の季節、特に冬季は人影まばらな、物悲しいほどに淋しい場所だった。

　日に二往復するフェリーで本土と繋がってはいるけれど、海が時化(しけ)ればたちどころに欠航となり、孤立する。

　彩美はランドセルを背負っていたころから、島を出ることばかり考えていた。漁師だった父親は、海に霧が立ち込めた朝、沖を行く大型タンカーと衝突し波間に消えた。死体さえ見つからなかった。彩美が十四歳になったばかりの夏の終わりだった。半年後、母が彩美より先に島を出て行った。父の死に因(よ)って得た賠償金をあらかた持って、島の男とフェリーに乗ったのだ。

　彩美と父方の祖母だけが残された。

　祖母は彩美の前で、彩美の母のことを罵(ののし)り続けた。薄情で、狡猾(こうかつ)で、淫乱(いんらん)な女だと。彩美は母を怨まなかった。ただ、羨(うらや)ましかった。島から出て行けるだけの金を手に入れた母が羨ましくてならなかった。

　いつか、あたしも出て行く。海を渡り、向こう岸に辿(たど)り着くのだ。

　それだけを願っている。

瑞恵も香奈も似たような境遇を生きていた。

瑞恵は島に一校だけある高校の、美術教師の娘だった。理屈っぽく、小心で、そのくせ家族には横柄な父親を嫌い、その父に従うことしかできない母をさらに嫌っていた。父も母も瑞恵を嫌い、疎んじていた。「おまえは、つまらん人間だ」。「あんたはなんでそこまで生意気なんよ。あんたなんか生まんかったらよかった」。しょっちゅう、そんな罵詈を浴びせられて育ったのだ。どうにもならない苛立ちを娘にぶつけているとしか思えないと、瑞恵は吐き捨てるように言った。

香奈は、その昔、島の漁師を一手に統べていたという大網元の家に生まれていた。ただし、家はとっくに没落し、しかも、母は正妻ではなかった。香奈と母親は、離れの二DKを与えられ、息を潜めるようにして暮らしていた。普段、ほとんど顔も合わさない父が気紛れに離れを訪れると、香奈は奥の六畳に押し込められトイレにも行けなくなる。襖一枚で隔てられた隣室で、父は母を組み敷き、母はよがり声をあげて応えた。香奈は布団に潜り込み、固く目を閉じる。父と母の目合を目の当たりにすることより、尿意をこらえる方がずっと辛かった。ごく普通にトイレに行ける生活がしたい。それが香奈の願いだった。

島を出よう。

こんな日々と早く決別しよう。

三人は顔を合わせれば、その話をしていた。その話しかしなかった。高校を卒業する時がチャンスやで。うん、そうだ、島を出てから、就職なり進学なりをしよう。クラスのみんなも大半は本土に渡るもんな。うちらかて、そうしような。きっと、しよう。

しかし、夢は潰えた。

彩美は祖母が頑として島外での就職を許さなかったし、瑞恵は父の指定した国立大学の受験に失敗し、一年間、父の指導の下、家で浪人生活を送るよう言い渡された。瑞恵は本当は女優志望で、都会で演技の勉強をしたいと望んだが、「馬鹿か、おまえは」と一蹴されたそうだ。香奈は嫁に行けと告げられた。父の取引先の息子と見合いをして、結婚しろと命じられたのだ。息子は香奈より一回り以上年上で、二度、離婚していた。そして、見合いの席で音を立ててスープをすすった。「あんたが、あん男と結婚してくれたら、どんだけお父さんの仕事の助けになるか。うちも、大けな顔がでける。ええな、香奈、親孝行しいや」と母は引導を渡すように言い切ったという。

「うちは、嫌や。あんな男と結婚するぐらいなら死んだ方がええ」

香奈が泣く。

「うちら、このまま島から出られんのかな」

彩美も泣きたかった。泣いて道が開けるなら、目玉が融けるほどに泣く。でも、泣いて解決することなど一つもない。

「諦めたらお仕舞いやないの。出るんや。どうしても、ここから逃げ出すんやが」

瑞恵が奥歯を嚙み締める。美しい目がきりりと釣り上がった。

「瑞恵、けど、どうやったら……」

「お金や。お金さえあれば、何とかなる」

「お金ってどのくらい」

「一人、二百万。それだけあったら何とかなる」

「二百万！」

香奈が頓狂な声を漏らした。

「そんな大金、どうやったら手に入るん。銀行強盗でもせな無理や」

「銀行に押し入らんでもええ」

瑞恵の声がすうっと小さくなる。彩美と香奈は顔を寄せた。

「但馬の家なら、いま、一千万ぐらい現金があるはずやで」

「え……」

「去年の今ごろ、但馬のおじさん、彩美とこと同じように大型船にぶつかって亡くなったやないの。その賠償金、但馬のおばさん現金で持ってるて」

「まさか、そんな大金を」

そう言った後、香奈はしゃっくりを一つした。

「うち聞いたんよ。美容院で、おばさんがしゃべってた」

肩の下で柔らかくカールした髪を、瑞恵は手櫛（てぐし）で梳（す）いてみせた。

「銀行も郵便局も気に入らんのやて。手元に持っとくのが、結局は一番ええんよなんて言うてた」

「ちょっ、ちょっと待って、瑞恵。あんた、但馬さんとこに盗みに入るつもりなん」

彩美の問いに、瑞恵は大きく頷（うなず）いた。

「そうや」

「一千万、盗むわけ……」

「六百万だけや。一人二百万で三人分。いつか、うちらが稼げるようになったら返せばええ。それまで、借りとくだけや」

無茶苦茶で身勝手な言い分だ。でも惹（ひ）かれる。

お金だ。お金さえあれば、夢が叶（かな）う。

「うち、正直、うんざりしとるの。親父のやつ、うちの一日のスケジュールを分毎に決めて、その通りにせんとご飯もたべさせてもらえんの……。美容院だって、三月に一度って決められてる。これ以上、こんな生活してたら頭がどうにかなってしまうわ。香奈だって、愚図愚図してたら結婚、させられるんやないん」

「……うん、そうや。それだけは嫌や」

「彩美はどうよ。お祖母ちゃんの言うこと聞いて、このまま島で一生、暮らすつもり」

「とんでもない。そんなん、絶対、嫌や」

祖母は年を経るごとに無口になり、意固地になり、陰気になった。身体の調子を崩すことも度々だ。このままだと、祖母と共にここに縛り付けられてしまう。

「わかった。お金、借りよう。そいで、いつかちゃんと返そう」


一週間後、雨、風の吹きすさぶ夜、三人は但馬結子の家に忍び込んだ。間取りもお金の仕舞い場所もだいたいの見当をつけていた。但馬家は山の迫った場所にあって、集落から一軒だけぽつんと離れていた。裏口には鍵もかかっていなかった。一人暮らしの金持ちの女にしては、不用心過ぎるが、彩美たちにとっては願ってもない状況だった。裏口から台所に入る。

寝静まっているとばかり思っていたのに、微かな人の声がした。含み笑いも聞こえる。縺れるような足音と鼻にかかった女の声が近づいてきた。三人は慌てて、食器棚の横で身体を縮める。

「ねえ、こんな嵐になったのに、ほんま帰るん」

「帰るで。ここに泊るわけにもいかんやろ」

「奥さんが怖いんやね」

「嬶(かかあ)より、おまえが怖いわ。一晩で何回、精を抜かれるやら。怖くて、一晩もよう泊らんで」

「またぁ、そんなこと言うて。あんたこそ何べん勃(た)ったら気が済むんかと思うてがね」

「何をぬかす。おまえのここの方が正直やないか。ほら、ここが……こんなになって……」

「あ、もう……止めて。あん、もう……」

「また、明日、来るで。まだ明るいうちから夜中まで、じっくり可愛(かわい)がったるから、楽しみにしとけ」

「うん、もう。いけず。台風にさらわれてしもうたらええのよ」

「はは、けど、用心しいや。この前からの雨で山はだいぶ水を吸うとるで。おまえのこと同じで、ぐしょぐしょや」

「ほんま、小憎たらしい男やわ」

玄関のドアが開く。

瑞恵がくすりと笑った。

「もう、男を引き摺りこんどるて、おばさん、遣り手やなあ」

ドアが閉まり、欠伸(あくび)の音がした。

眠れ。このまま、早う眠ってしまえ。

「なあ、瑞恵、彩美。今なら引き返せるで。帰ろう。うち怖い」

香奈が身動きした。その拍子に肘(ひじ)が食器棚の硝子(ガラス)戸にあたった。驚くほど派手な音がした。

「誰!」

台所に明かりがつく。

結子が視線を巡らせる。派手な黄色のブラウスを着ていた。

「誰か、おるの。ちょっと、ちょっと、あんた来て」

結子が男を呼び戻そうとする。

まずい。

「きゃあっ」

彩美より先に香奈が奇声を上げながら飛び出した。玄関に顔を向けた結子の髪を後ろから摑む。

「静かにしてえっ。騒がんでっ」

「誰か、どろぼうーっ、人殺しーっ」

結子が頭を振る。髪を摑んだまま香奈が尻(しり)もちをついた。べりっと皮膚の剝がれる音がした。

「ぎゃあっ」

結子の悲鳴。彩美も飛び出す。これ以上、騒がれたら、さっきの男に気付かれてしまう。そしたら、そしたら……。

「誰か来て、誰かーっ」

黙れ。黙れ。黙れ。

結子の首に手拭を巻きつける。

おまえも、うちの母親と一緒やないの。

「おまえの母親はどうにもならん女じゃった。亭主が死んで一年も経たんのに、男を作るなんて。おめおめ生きとってはいけんわ。生きとっても詮無い女よな」

祖母の言葉が呪文になる。

生きていても仕方ない女なのだ。

「助け……助けて……誰か」

結子が床に倒れても、彩美は力を緩めなかった。瑞恵が馬乗りになって、口を塞ぐ。香奈が暴れる身体を押さえ付ける。

我に返ったとき、結子はもう息をしていなかった。排泄物の臭いが鼻を突き、脱力した死人の身体が異常に重かった。手拭を放そうと思うのに、指が硬直して動かない。瑞恵が一本一本、引っ張ってくれた。

妙な具合に首の曲がった結子の頭が、音を立てて床に落ちた。

どす黒く変色した顔はこれも妙な具合に歪み、膨れ、まともには見られない。

「お金は、あっちよ」

瑞恵が奥の部屋に消えた。彩美も後に続く。頭は痺れているのに、身体は何とか動いた。奥の部屋の金庫に一千万が仕舞ってあった。ダイヤル式ではない。鍵穴が一つあるだけの簡単な物だ。鍵は結子のバッグの中だった。

「金庫の鍵は、いっつもうちが持ち歩いとるの」

「まあ、結子さん。それ、かえって物騒やないの。落したら、大事になるで」

美容院での会話どおりだったと瑞恵が笑う。どうして、この状況で笑えるのか理解できない。彩美の顔はひきつったままだ。


あたしたちは二百万ずつをそれぞれ袋に納め、但馬さんの家を出た。香奈は泣きじゃくっていた。もう駄目だ。もうお仕舞いだと。瑞恵は黙っていたっけ。あたしは……あたしも、香奈と同じだった。人を殺した。隠し通せるわけがない。自首しなくちゃいけない。

あたしは人を殺した。

山が崩れなければ、山が崩れて但馬さんの家が土砂に押し流されなければ、但馬さんの遺体が一週間以上も発見されぬまま埋まっていたりしなければ、あたしは捕まっていたと思う。いや、死体発見のニュースを知ったとき、あたしは覚悟をしたのだ。

これで、全てが明るみに出る、と。

でも、但馬さんは土砂災害の犠牲者として発表された。

信じられなかった。

こんなこと、あるんだろうか。

但馬さんの死因にも消えた六百万にも、島の人は誰も不審を抱かなかったのだ。但馬さんが係累の少ない人だったからだろうか。腐乱に近い遺体であったからだろうか。

あたしたちの犯罪は土砂がきれいに埋めてくれたみたいだ。

あたしたちは誰も真実を語らなかった。顔さえ合わさなかった。

但馬さんのお葬式の十日後、香奈が島から消えた。結婚を無理強いされるのが耐えられない。家を出るとの書き置きを残して。さらに三月後、あたしもフェリーに乗った。祖母が急な病で亡くなったのだ。瑞恵はあたしより先に海を渡っていた。俳優の養成所みたいなところに入るのだそうだ。親には絶縁すると、去り際に一言だけ告げたらしい。人の噂話で聞いた。

あたしは彫金を習いながら、都市の片隅で生きてきた。小さな建築事務所の事務アルバイトをしていたとき、文彦と知り合った。

但馬さんの記憶は、あの夜のことは、必死で記憶の裏側に押し込めてきた。このまま、幸せになれると思っていた。

因幡の白兎の話が大嫌いだった。

海を渡り損ねた兎が歯痒さを通り越して、憎かった。

あたしは愚かな兎にはならない。

あたしは海を渡り切ったのだ。


外は暗い。

いつの間に、日が暮れたのだろう。何時間、座ったままでいたのだろう。もう、文彦が帰ってくる時刻ではないか。

彩美はふらりと立ち上がった。

雨が降っている。文彦は傘を持っていないはずだ。迎えに行かなければ……。隣家の犬が吼えている。黒犬でクジラという名だった。いつもは気にもならない吼え声が頭に突き刺さる。

止めてほしい。鳴き止んでほしい。

窓の外に白い顔が浮かんでいた。

窶れた老女が彩美をじっと見ていた。

黄色いブラウスを着ていた。

声が出ない。

目の前が暗くなる。

彩美は叫びながら、意識を失った。


翌日、郵便受けに手拭が入っていた。血の染みた古い布きれだ。家に駆け込んだとたん、電話が鳴った。

ルル、ルル、ルル。

ルル、ルル、ルル。

文彦かもしれない。昨日、寝込んだ妻の身を案じて……。

非通知の文字が、ディスプレイに浮かぶ。

「おまえの番だ。おまえを許さない」

女が呻いている。

「苦しい……息ができない……おまえを……怨んで……る」

電話が切れた。

クジラがまた吼えている。

頭が痛い。

わたしはスマホの電源を切った。

知らぬ間に吐息が漏れていた。

今日も雨が降っている。

あの夜の様な篠突く雨ではない。細くて冷たい雨だ。一日止むともなく、朝からずっと降り続いている。

雨降りの夜の路地。

何て暗いんだろう。

わたしは華やかな場所が好きなのに。スポットライトのあたる明るくて美しい場所に立っていたいのに。

帰ろう。寒い。この寒さは身体に応える。

バッグにスマホを仕舞い込む。

一歩、足を踏み出したとたん、耳慣れない呼び出し音が鳴った。

え？　そんな、さっき電源は切ったのに……。

バッグの中を探る。底で見たことのない黒いスマホが鳴っていた。

なに、これ？

こんな物入れた覚えはまるでない。

いつの間に、いったい、どうして……。

見覚えのないスマホ。きんきんと響く呼び出し音。

指先が震えていた。震える指を画面に滑らせる。

耳に当てる。

「……あたしよ」

叫びと息が塊になって、喉に痞えた。

「今、あんたの後ろにいる」

後ろに……いる。

振り向く。首の付け根がぎしぎしと軋んだ。

わたしの手からスマホが滑り落ちていく。


振り向いた女を彩美はまじまじと見詰めた。昼間、人混みの中で見たときより、ずっと老けて窶れている。

そういう化粧をしているのだと、わかっている。わざと老女に見せ掛けているのだ。

しかし、それを差し引いても老いて、憔悴している。無残なほどだ。

あれほど美しかった女が。

「瑞恵、なぜ」

彩美は一歩、前に出た。

雨が髪を伝い、滴（しずく）になって足元に落ちる。

「なぜ、こんな芝居をしたの。但馬さんに化けて、あたしを怯えさせて……どういうつもりで……」

瑞恵の唇がめくれた。薄笑いが浮かぶ。

「但馬さん？　へえ、その名前、よう口にでけるね。自分が殺した相手やのに」

島の言葉で彩美を嗤う。

「そっちこそ、どうして、うちだってわかったの。教えてよ」

挑むように顎（あご）を突き出してくる。

あっ、昔のままの瑞恵だ。

胸内が揺れた。

「……瑞恵、香奈が但馬さんから逃げ出して、走りながら連絡してきたって言ったでしょ。そこに引っ掛かって……。あの臆病な香奈がわざわざ携帯を持って逃げる余裕があったかなって。それで、香奈のこと調べてみた。ほんとにすごいね、今、ネットを使えばなんでもわかっちゃうの。香奈の事故のことも誰かがブログに載せてた。たまたま、事故現場に居合わせた人なんだって。ご丁寧に写真まで載ってた。下半身と腕がトラックから覗（のぞ）いている写真だったけど、香奈、スーツを着てたね。片方の足だけだけどヒールのある靴を履いてた。あの靴じゃ走れないよ。香奈、仕事の帰りだったんだね。ブログにもそう書いてあった。十七忌のことも調べてみたよ。島のお寺に問い合わせもしてみた。あれ、嘘だよね。そんな言い伝え誰も知らなかったもの」

あはっと、瑞恵が口を開いた。細雨が飲み込まれていく。

「たいした名探偵ぶりだね。彩美の頭の回転の速さ、忘れてたよ。で、あたしの居場所を突きとめて、逆にあたしを見張ってたわけ」

「そう。窓の外にあんたが立っていたとき、失神したふりをして、あんたがいなくなったらすぐに裏口から外に出たの。あんた、つけられてるなんて思ってもなかったんでしょ。意外に近くに住んでたんだね。それとも、わざわざ、あたしの近くに引っ越してきたわけ」

瑞恵の住居は、マンションの八階ではなかった。古びた二階建てのアパートで、瑞恵はそこで身を縮めるようにひっそり暮らしていたのだ。

「この前、あんたがデパ地下に買い物に行ったとき、隙を見てバッグにスマホを隠したの。気が付くなら、それでもいいって思ってた。気が付いて、全てを悟って、黙ってあたしの前から消えてくれたらいいのにって……。でも、あんたは今日もあたしを脅しにきた。但馬さんに化けて、一階の窓から覗いたりして」

もう一歩、瑞恵に近づく。

「香奈が言ったのよ」

瑞恵の声が高くなった。

「香奈に偶然出会って、話をしたとき言ったの。『あたしたち、絶対に幸せになっちゃいけないよね。いつか天罰が下る日まで、苦しんでなくちゃ駄目だよね』って。その通りだよ、彩美。あたしたちは、幸せになっちゃいけないいんだ。あんなことしちゃったんだもの、幸せになんてなっちゃいけないいんだ」

「瑞恵」

「香奈はアル中みたいになってた。お酒を飲まないと眠れないんだと言ってた。あの事故だって、ほとんど自殺みたいなもんだよ。ふらって自分から飛び込んでいったっていうから。あたしも……あたしも、そう。女優にもなれなくて、結婚にも失敗して……おまけに、もう助からないって、肺がやられて……。余命半年だって診断されちゃった」

息を飲む。

寠れの原因はそれなのか。

「それでもいいって思った。これが罰なら甘んじて受けるしかないって。でも……でも、あんたはどうなのよ。彩美、ふざけないでよ。結婚して、ちゃっかり苗字(みょうじ)まで変えて、何が彫金教室よ。あんたの笑顔を見ていたら、あたし……許せないって思った。あんただけ幸せになるなんて、許せないって……。あんただけなんて、許せない」

瑞恵の顔が歪む。

顔が赤黒く変色し、膨れ上がる。

但馬結子がそこにいた。

「許せない。一緒に……暗闇に引き摺り込んでやる」

「やめて、近寄らないで」

「……怨んでやる。このままにしておくものか……」

「やめて、やめて、やめろ」

彩美は夢中で両手を突き出した。細い喉が手の中に納まる。指に力を込める。

ぐふっと、くぐもった呻きがして、生臭い息がかかる。

「また、殺すつもり？　そう……いいよ、そのまま……そのまま、殺してしまえ」

瑞恵が、いや、結子が笑う。

はははははは。はははははは。

やめて、やめて、もう堪忍(かんにん)して。

ああ、もう少しだったのに。もう少しで、渡り切れたのに。あたしはやはり、あの兎だった。鰐鮫に毛を毟(むし)られた愚かな兎。

涙が溢(あふ)れる。

彩美！

文彦の声が耳奥にこだました。

彩美、よせ。こっちに来るんだ。こっちに帰ってくるんだ。
文彦……あたしは……。
涙が零れる。
雨が激しくなる。
指が滑る。
瑞恵が激しく咳き込む。
彩美は泣いた。
涙と雨の向こうに、毛のない兎が跳ねていた。

例の支店

長江俊和

長江俊和　Nagae Toshikazu
1966（昭和41）年大阪府生れ。映像作家として深夜番組「放送禁止」シリーズを手がける。2014（平成26）年には『出版禁止』を刊行、話題に。他の著作に『掲載禁止』『東京二十三区女』『出版禁止　死刑囚の歌』『恋愛禁止』など。

人は死んだらどうなるのか？

古代より人類最大の命題とされてきた、死後の世界と霊魂の存在。ついに、その答えが明らかになった。望んでその事実を解明しようとしたわけではないのだが、結果そうなってしまったのだ。

以下の内容は、霊の存在を実証するものである――

なるべく私情を交えずに、起こった出来事を、出来る限り正確に描写した。

鬱蒼と生い茂る樹木の間を、二人の男が歩いてくる。一人は恰幅のいい、長髪で白髪頭の男性。口元に蓄えた髭も白い。ラフなポロシャツ姿で、年齢は六十を超えているようだ。もう一人の、トートバッグを肩に掛けた若い男が声をかけた。

「どうですか乙部先生？　この辺りで何か感じますか」

白髪の男は一旦足を止める。黙ったまま周囲を見渡す。若い男性は固唾を呑んで、男の言動を待ち構えている。だが結局、彼の白髭はわずかにも動くことはなく、再び森の道を進み出した。男の名は乙部慈雲。過去に何度か、雑誌やテレビに出たことがある、いわゆる〝霊能力者〟である。本業は経営コンサルタントだと言うが、依頼者が来たら〝霊視〟を行い、占いや浄霊、心霊治療などを行うのだという。「よく当たる」と評判で、顧客も多いと聞く。

同行の若い男は、佐久間亮という新進気鋭のフリージャーナリストである。痩せぎすで上背があり、カジュアルなジャケットがよく似合っている。

季節は春の終わりごろ。木々の隙間から見える空は灰色。森の中は湿った空気が充満している。無言のまま歩き続ける二人の男。道の脇には、廃材やマネキンなどが不法投棄されている場所もある。しばらく進むと視界が開け、目的地が見えてきた。

森の樹木に囲まれた廃墟だった。空から垂れ下がった陰鬱な雲が、三階建ての朽ち果てた建物に、迫り来るような迫力をもたらしている。壁は所々崩れ落ちて、内部が露出している箇所もあった。窓ガラスもほとんどが割れており、敷地の中は雑草が生い茂り、瓦礫が至る所に散乱している。門の前で立ち止まると、『立入禁止』の札が、泥にまみれて地面に落ちていた。

「先生は、ここに来るのは初めてですよね？」

憮然とした顔で乙部が答える。

「ああ、そうだ」

「そうですか……分かりました。では、参りましょうか」

無言のまま頷(うなず)くと、乙部は門の中に足を踏み入れた。佐久間が後に続く。

廃墟に向かってゆく二人の男の背中――

瓦礫と瓦礫の間をかき分けるように進み、建物の入り口にたどり着いた。玄関の自動ドアは壊れ、ガラス戸は開け放たれたままだ。中の様子を窺(うかが)いながら、二人は廃墟の中に入ってゆく。

玄関を入ると、受付のカウンターがあるロビーのような場所になっていた。薄汚れた壁には、ところどころスプレーで落書きされている。床に落ちたガラス片を踏まないように、慎重に奥へと進んでゆく。カウンターの左側には、階段が見えたが、廃材が積まれ、階上へは進めないように封鎖されていた。もちろんこの有様では、階上へ登れたとしても、床が落ちてしまいそうで、危険極まりない。

受付の右手を進んでゆくと、奥に広い部屋があった。天井の板が剝(は)がれ落ち、配線のコードが垂れ下がっている。オフィスとして使用された場所のようなのだが、デスクやロッカーなどの類(たぐい)はない。広々とした部屋の中は閑散としていた。室内に入ってゆく乙部の背中に、佐久間が声をかける。

「どこかの企業が支店として使用していたという建物です。でも、もう二十年ほど前からこの状態で」

部屋の真ん中辺りまで来ると、乙部が立ち止まった。険しい目で、周囲を見渡している。

「どうですか先生……何か感じますか？」

声を潜めて、佐久間が訊いた。

「ああ……ここは穏やかな場所ではないな。ずっと感じているよ。尋常ではない雰囲気を」

「やはりそうですか。実はこの建物は、心霊スポットとして有名ですからね。自殺の名所としてもよく知られています。インターネットでは、訪れると必ず霊が出現すると、恐れられているんです」

「そうか……実はもう、現れているよ」

「え？　現れているって、何が」

「この世のものではない存在だよ。私たちにずっとついて来ている」

「……幽霊？　ということですか」

「そうだ……。女性の霊だよ。非業の死を遂げて、この世に深い未練を残している、危険な霊だ」

「本当ですか？　僕には何も見えませんが」

「間違いないよ。確実にいる。成仏できずに、この辺りを彷徨っている地縛霊だ。それ以外にも、ここは霊が集まってきている。夥しい数の霊だ。数え切れないほどだ。なかには、もう人間の形をしていない存在もいる」

　身を竦める佐久間。周囲を見渡しながら言う。

「このままここにいても、大丈夫なんでしょうか」

「あまり長居しない方が身のためだ。危険な霊に取り憑かれたら、取り返しのつかないことになるからね」

「……そうですか、分かりました」

　一旦言葉を切ると、視線を外す佐久間。そして改めて乙部を見ると、こう言った。

「それでは、そろそろ本題に入りたいと思います」

「本題?」

「そうです。あなたは、私たちにずっとついてきている霊がいると言った。さらに、この建物の中には、夥しい数の霊があふれていると……。それは、本当ですか」

「ああ、もちろん本当だよ」

「では、そのことを実証できますか」

「実証も何も、私が見えると言っているのだから、間違いない」

「あなたが見えても、僕には分からない。僕の目に映っているのは、あなたとこの荒れ果てた廃墟だけだ。さあ、今ここで実証してください。霊の存在を、僕に納得できるように」

　これまでとは一変し、佐久間は挑戦的な目で乙部を見据えた。その視線を受けて、乙部が言う。

「だから、言ってるじゃないか。ここにはかつて人間だった存在が、数多くいるのだと。私は今そのことを知覚している。私が言えるのは、その〝事実〟だけだ」

「存在が実証できなければ、それはただの詭弁だと思いますが」

　それを聞いて、乙部は大きくため息をつく。

「なるほど、そういうことか。君は、そういった下らん論争を持ちかけるために、ここに連れて来たんだな。君こそ卑怯じゃないか。本当の取材内容を伝えず、私を騙したりして。不愉快だ。帰らせてもらう」

　踵を返して乙部が歩き出した。その大きな背中に向かって、佐久間が言葉を投げかける。

「逃げるんですか……それでは、お認めになるんですね。あなたがこれまで『幽霊がいる』などと世間を欺き続けてきたことを」

　思わず乙部が立ち止まった。

「なんだと」

「では記事にさせてもらいます。乙部慈雲はついに『幽霊がいない』ことを認めたと」

「勝手にするがいい。……ただし、私は自分の主張を変えるつもりはないよ。幽霊は存在する。君がどう思おうと、それは揺るぎのない事実なんだ。人間は肉体を喪失すると、霊魂になる。死後の世界ももちろん存在している」

「いい加減なことばかり言わないでください」

「人間の霊魂は存在する。科学的にも、その事実は証明されているんだ。かつてアメリカの科学者が、臨終した直後の人間の体重を量るという実験をした。その結果、人間は死んだら体重が二十一グラム減ることが判明している。その二十一グラムというのは、死の直後に肉体を離れてしまった、その人の精神……。つまり、霊魂の重さだったというわけだ」

「その実験のことは僕も知っています。でも、それは百年以上も前の実験で、かなり眉唾物の話ですよ。人の身体は生命活動を停止すると、体内の水分が蒸発し、死に方によっては体液が漏れ出すこともあります。死後、体重が二十一グラム減ったからと言って、それが霊魂の実在を証明することにはならないと思いますけど」

「だが、それが霊魂の質量ではないとも言い切れないだろう。幽霊は現実にいるよ。私は知っている。霊魂や死後の世界など存在しないというのは、君が不勉強で無知なだけだ」

佐久間が声を荒げて言う。

「いいですか。とにかく僕は、あなたのような人間が許せないんです。『幽霊はいる』とか『霊魂は実在する』とか、科学的に有りもしないことを言って、人心を欺くようなあなたたちのことが……。だから今日は徹底的に、あなたの欺瞞(ぎまん)を暴(あば)きたい。心霊現象など存在しないということを証明したい。だから、あなたをここまで連れてきたというわけなんです」

閑散とした廃墟の一室で対峙(たいじ)する二人。佐久間の背中越しに見える乙部の顔。全(すべ)てのガラスが失われた窓の外では、暗緑色の木々が風に揺れている。

「ほう、面白い。……ならば、受けて立とうじゃないか」

乙部がにやりと笑う。佐久間の顔にも不穏な笑みが浮かび上がった。

「ありがとうございます。さあ、早く僕の目の前で証明してください。幽霊が存在するということを」

「私が証明するまでもない。古来より人類は霊魂の存在を認めてきた。仏教やキリスト教など、あらゆる宗教で『死後の世界』について語られてきたんだ。君が霊の存在を信じないのは勝手だが、死後の世界が存在するのは疑いようのない事実なんだよ」

「確かに、宗教は『あの世』の存在を説いています。聖書や経典には、『地獄』や『極楽』が出てきますからね。でもそれは、『幽霊がいる』と言っているわけではない。宗教というのは、基本的には生きている人間の生き方を導くものであって、戒めの譬(たと)えとして『死後の世界』を出しているだけにすぎないんです」

さらに佐久間は言葉を続ける。

「僕は別に、オカルトの存在全てを否定しているというわけではない。十九世紀、ヨーロッパでは降霊会が盛んに行われていました。でもその度に、科学者がそのトリックを暴き、それが現在の科学文明を築く礎(いしずえ)になった。だから、オカルトは現代科学にとっての必要悪であるという見地からすると、その存在意義は一概に否定されるものではないのかもしれません」

一旦、佐久間は言葉を切った。乙部は落ち着いた顔で、彼の話に耳を傾けている。

「それに我々人間は、いつか死んでしまう。それは誰にも避けられない事実ではある。だから、死後の世界があると信じたい。近親者の死を悲しみ、その人物は幽霊になったと思いたい……。そういった意味では『霊』は存在すると言ってもいいのかもしれない。でもその場合の『霊』の意味は、死者のためではなく、生きている人間のためなのでしょう。親しい人との別れのストレスを軽減するプロセスとして、または、自らの死の恐怖を受け入れるための段階として、霊的なものに依存するということなんです。だから古来より霊能者は、セラピストのような役割を果たしていたのではないかと思うんです。でもあなたのように、非科学的なことを現実だと言い切り、世間を欺き続け、利潤をむさぼるような人間は、断固として許すわけにはいきません」

「なるほど……。君の考えはよく分かった。だが、残念ながら幽霊は存在するんだよ。私は彼らの存在を知覚しているから、それは間違いない事実なんだ。それに、世界各国で心霊現象の目撃例は報告されているし、目に見えない者の存在が、写真や音声機器、ビデオにも現れているじゃないか」

乙部がそう言うと、佐久間の顔に侮蔑するような表情が浮かび上がった。

「出た心霊写真。あれこそ、幽霊がインチキであることの象徴ですよね。『亡霊の顔が写った』という写真は、ほとんどシミュラクラ現象で説明できます。シミュラクラ現象とは、人の目が、三つの点が集まって逆三角形に並んだものを見ると、『人の顔』と認識するようにプログラムされた脳の働きを言うんです。だから写真に偶然に写った、何でもない逆三角形の三つの点が『人の顔』のように見えて、勝手に怖がっているんです。いわゆる、『幽霊の正体見たり枯れ尾花』というやつですね」

「心霊写真に写るのは『顔』だけじゃない。人の身体が透けていたり、オーブという光球の霊体が出現することがある」

「それも説明できます。オーブは、レンズの前に粉や埃を舞わせ、フラッシュを焚くと撮影できるんです。人の身体が透けているのは、シャッタースピードを遅くして撮っているんですね。シャッターを切ってからフレーム内で人が素早く動くと、画面には残像が残り、ぼんやりと透けた人間が出現する。さらにカメラがデジタル化された今、心霊写真はパソコンで容易に制作できるようになりました。全ての心霊写真は、人の見間違いか、トリックで作成されたものだと言い切って過言ではないでしょう」

したり顔のまま、佐久間の話は続く。

「いわゆる『心霊写真』は、十九世紀のボストンで誕生しました。一八六一年、彫金家でアマチュアカメラマンだったウィリアム・H・マムラーは、現像した写真に、死んだはずのいとこが写り込んでいることを知りました。それは、古いガラス板を使い回して焼き付けした、二重写しによる『失敗作』でした。でも、ある日彼の家を訪れた心霊主義者が、その写真をニューヨークの新聞社に持って行き、『幽霊が写っている写真』として記事にしてしまったんです。そのことが話題となって、以降マムラーは多くの心霊写真を作成することになったのです。でも、次々と怪しげな写真を発表するマムラーに疑念を抱くものも多く、一八六九年に彼は逮捕され、裁判に掛けられました。マムラーは裁判で、写真は全て偽造であることを告白。さらに自分が編み出した九種類の心霊写真の作成方法についても、全てを明らかにしました。こうしてマムラーの偽造が暴かれたのですが、皮肉なのは、彼が裁判で証言した写真の作成方法をまねて、世界中の数多くの霊能者や詐欺師がそれを利用したということなんです。というわけで、お分かりいただけましたか。心霊写真やその類いは、『霊の存在証明』には到底なり得ないということを。さあ、どうですか。ここまで何か異論はありますでしょうか」

　さっきからずっと怒りがこみ上げていた。なんとかそれを抑える。窓から生暖かい風が吹き込んでくる。乙部が口を開いた。

「話はそれだけか？　全く君の話はつまらないね。私がいると言ったらいるんだよ。例えば、さっき言った、ずっとついてきている女性の霊。今君の真後ろに立っているよ。真っ赤な血走った目で、君を睨みつけている」

「だから、そんなこけ脅し、僕には通用しませんって。この廃墟には、僕と先生しかいないじゃないですか。……そうだ。だったら詳しく教えてもらえませんか。その女の霊について。先生が得意の霊視とやらで」

「ああ……いいだろう」

　そう言うと乙部は静かに目を閉じた。

　廃墟の中に沈黙が訪れる。にやにやと乙部の様子を見ている佐久間。少し経つと、目を閉じたまま、乙部の口元だけが動き出した。

「女は……三十代だ。激しい怨念を抱えている……」

「では、その女性はどうして死んだんですか？」

「自殺だ。……この廃墟の中で、首を吊って死んだ」

「この廃墟の中で？　一体、どこなんです？　その場所は」

乙部はゆっくりと目を開いた。周囲を見渡している。

「こっちだ」

そう言うと、乙部は歩き出した。佐久間も後に続く。

部屋を出て、またあのロビーに出た。乙部はカウンターを越えて、封鎖されている階段の方に進んでゆく。階段の脇に、狭い廊下があった。周囲を注意深く見渡しながら、乙部はその中に入っていった。さっきまで饒舌だった佐久間も大人しく後ろを歩いてゆく。廊下には窓がなく、光はロビーの方向から差し込んでくる陽光だけである。薄暗く、かび臭い匂いが充満している廊下を歩く二人の男。そのまま進み続けると、ある一室の前で、乙部が立ち止まった。ノブに手を掛けて、ドアを開ける。

さっきのオフィスの半分ぐらいの広さの部屋である。同じように窓ガラスは割られ、壁中にスプレーで、汚い言葉が書き殴られている。部屋の隅には、埃をかぶったソファが転がっていた。何か、応接室として使われていたのだろうか。ここも天井が破れているる箇所があり、鉄筋がむき出しである。室内を見渡しながら、乙部が中に入ってゆく。

「この部屋だ……ここで彼女は、自ら命を絶った……」

ドアの近くに立ったまま、佐久間が答える。

「ほう、この部屋で？」

「そうだ。あの破れた天井のところに鉄筋が見えるだろう。あそこにロープを結んで首を吊って死んだ……。見える……私には見える。女が首を吊った時の光景が……。彼女が首からロープに吊されている。黒い麻のロープだ。彼女は足をばたつかせ、激しくもがき苦しんでいる……」

そう言うと、両手を自分の首にかける乙部。その口調は、さらに熱を帯びてくる。

「もがけばもがくほど、ロープは首に食い込み、苦悶（くもん）はさらに大きくなってゆく……」

乙部の顔が、みるみるうちに紅潮してきた。佐久間の表情も一変する。

「本当に……見えたんですか」

「ああ……見えた。若い女性が、この場所で首を吊って死ぬところが……」

乙部はポケットからハンカチを取り出し、額に浮かび上がった汗を拭（ぬぐ）った。佐久間は慌（あわ）てて、トートバッグから手帳を取り出すと、ページをめくりながら言う。

「……確かに一ヶ月ほど前、この廃墟で三十二歳の女性の首吊り死体が発見されている。新聞記事にもなっています。本当に、霊視で見えたんですか」

「その通りだ……」

唖然（あぜん）とした顔のまま佐久間は、再び手帳に目を落とした。

「それに、記事にはこの廃墟で自殺体として発見されたとあるが、具体的にどの部屋だったかは書かれていませんでした。ロープの色もです……驚いた」

「どうだ……これで少しは、私の能力を信用する気持ちになったか？」

「ええ……あなたは女性の自殺した部屋も、ロープの色も見事に言い当てた。これは警察しか知らない事実です……信じられません」

誇らしげな顔の乙部。さらに佐久間は乙部に訊く。

「他には、何か感じましたか？」

「他に……？」

「そうです。もっと詳しく教えてもらえませんか？」

佐久間に促され、乙部は再び部屋の方に視線を向ける、そして静かに目を閉じると、再び黙り込んだ。おもむろに、口元の白髭が動き出す。

「……ロープで吊された彼女の身体。ゆらゆらと揺れている。もう苦しんではいない。彼女の命は尽きたようだ……。ん？……何かおかしい……。誰かいる。もう一人……。ロープで吊られ、絶命する彼女の姿をじっと見上げている。そうか……やはりそうだ。彼女は自殺したんじゃない。殺されたんだ。……生きたまま誰かにロープで吊られた……。自殺は偽装だったんだ……」

その言葉を聞いて、佐久間の顔色が変わった。思わず、乙部の背後に歩み寄る。

「本当ですか。本当に誰かいたんですか」

乙部が目を開けた。荒い息を整えて、答えを返す。

「そうだ……。間違いないよ。彼女は殺されたんだ」

「まさか……本当に、霊視でその光景が見えたんですか」

「ああ、自殺は偽装だった。犯人は何らかの方法でその女性を拉致してここに連れてきたんだ。そしてロープを首に巻いて、あそこにそのロープを引っかけて……」

話しながら、乙部が天井を指さした。破れた天井から、錆びた鉄骨が見えている。

「その時はまだ生きていた彼女の身体を、滑車のようにして首から吊り上げた」

「……どうしてそんな惨いことを」

「殺害してから遺体を吊ったのでは、自殺を偽装したことが、すぐに検視でばれてしまうからだろう。皮下出血の生活反応の有無などを調べれば、すぐに分かる。だから生きたまま、吊し上げたんだ。しかし、彼女にとっては、想像を絶する苦しみだった……。だから彼女は、自分を殺害した人物に、壮絶な怨念を抱いているんだ。自分の人生を一瞬で奪い去った、その人間に対して」

「……確かに検視の結果、彼女の身体には、明らかに自分でつけたものではない、複数のすり傷があったと言います。拉致された時についた防御創ではないかということなんです。警察は他殺の可能性も考えて、捜査を進めているという話です」

「なるほど……やはり、そうなのか」

呆然とした顔のまま、佐久間が言葉を続ける。

「凄い……。あなたは一部の捜査関係者しか知らない、事件現場やロープの色、さらには、彼女が誰かに殺されたことまで言い当てた。俄には信じがたいことですが、結論としては……あなたの霊能力は本物であると、認めざるを得ない……」

驚嘆の顔で乙部を見る佐久間。満足げな表情を浮かべる乙部。だがその後、佐久間は一つ大きくため息をつくと、こう言った。

「……なんてこと、僕が言うと思ってました?」

「何?」

「ちょっと茶番に付き合ってあげただけですよ。せっかくの熱演でしたから……。でも、よかったです。さっきの演技を見て、あなたの霊能力がイカサマであるという確信が、さらに強くなりましたので」

「どういうことだ」

持っていた手帳をバッグに突っ込むと、また佐久間が語り出した。

「僕はあなたたちの手口を知っています。霊能者のイカサマの手法はおもに二つ。『事前取材』と『誰に言っても当たる高い確率の答え』。こんな例があります。かつてテレビ番組で、ある霊能者がイタリアを訪れた。レオナルド・ダ・ヴィンチの『キリストの洗礼』という絵画を霊視してこう言った。『この絵からはダ・ヴィンチのパワーが伝わってこない。ただし、絵の中の少年の頭部からだけは、霊の力を感じる』と。そして絵画の専門家が出てきて解説する。『実はあの絵はダ・ヴィンチが描いたものではないといわれている。ただし、少年の頭部だけはダ・ヴィンチが手を入れた』。なるほどと視聴者は、霊能者の霊感に納得する。しかし放送後、意外な事実が明らかになる。『キリストの洗礼』がダ・ヴィンチの作ではないとされていたのはもう何年も前の古い説で、やはりこの絵は全て、ダ・ヴィンチによって描かれたものであるというのが、近年の調査で明らかになっていた。テレビに出てきた専門家なる人は、それを知らなかったんでしょう。霊能者もそこまで調査が及ばず、ぼろを出したというわけ」

佐久間の言葉は続く。

「それともう一つ。霊能者がラジオ番組に出て、中年の女性アナウンサーを霊視したことがあります。『あなたにはヤギの守護霊が見える』と。それを聞いた途端、その女子アナは驚愕（きょうがく）した。そしてこう言ったんです。『実は私、母の乳の出が悪くて、ヤギの乳で育った』と。これも種を明かせば簡単なことです。その女性が生まれたのは戦後の食糧事情が悪い時で、乳の出ない女性が多かった。牛乳も当時は高価なもので、農家などではヤギの乳を母乳の代用品として、赤ん坊に飲ませていたんです。その頃の子供は、ヤギの乳で育った子が多かった。だから、その霊能者は相手の年齢を見て、一番確率が高いことを言って、それが当たっただけなんです。似たような詐欺師の手法に、コールドリーディングというものがあります。コールドリーディングとは、相手の風貌（ふうぼう）や何気ない会話などから、その人物のことを言い当て、相手を信じさせる話術のことです。

『あなたは普段は明るいが、実は大きな悩み事がありますね』とか『あなた、最近身の回りで良くないことが起きているでしょう』とか言って、相手の信頼を得るんです。しかし、実は大したことを言ってなくて、誰にでも当てはまるような曖昧な表現しかしていない。悩み事のない人間なんかいないですし、程度の差こそあれ、身の回りに『良くないこと』が起こっていない人なんか皆無だと思います。こうやってあなたたちは人を騙して、霊能力を偽装してゆくんです」

「それでは君は、私が首吊り事件に関して『事前調査』し『一番確率が高いこと』を述べたにすぎない、というのかね」

「いえ……違います」

「違う？　どういうことだ」

「僕は一般論としての、霊能者のイカサマの手口を述べたまでです。あなたの場合は違う」

一呼吸置くと、再び佐久間が語り始めた。

「あなたは彼女が死亡する一部始終を見事に言い当てた。女性の年齢や自殺した場所、ロープの色、そして他殺のことも。それは、一部の捜査関係者にしか知らされていないことだ。もしそれらの情報が、霊視で知り得たのだとしたら、もの凄いことだと思います」

「本当に霊視で見えたんだ。嘘偽りない」

「いえ、違います。霊能力なんか、この世にあるわけがない」

「しかし、自殺した場所やロープの色は、警察しか知らないはずじゃなかったのか？

それに他殺の件も」

「いえ……あなたにはそれを知ることが出来たんです。もちろん霊能力なんかじゃありませんよ。ちゃんと、合理的な方法で、あなたはそれらの事実を知ることが出来た……」

「君は何が言いたい」

「僕はあなたの、さっきの小芝居を見て確信しました」

そう言うと佐久間は、鋭い目で乙部を見据えた。そしてこう告げる。

「あなたが殺したんです。彼女を……」

その言葉を聞くと、乙部は表情を強(こわ)ばらせた。

怒りは増幅してゆく。感情の昂(たか)ぶりを抑えるのが苦しくなってきた。佐久間の肩越しに見える窓外の景色。木々は荒々しくざわめき、雲の色はどす黒く変色している。しばらくすると、乙部が口を開いた。

「何を馬鹿(ばか)なことを言う」

「馬鹿なことではありません。僕が先生をここに連れてきた目的は、さっきの言葉を聞き出すためだったんです。幽霊がいるとかいないとかは、どうでもよかった。ただ先生の口から、犯行の一部始終をお聞きしたかった。ありがとうございました。犯人の口から、貴重な証言を得ることが出来ましたので」

「私は殺してはいない。ここに来たのも初めてだ。犯行の一部始終は全部、霊能力で言い当てたんだ」

「まだ、そんなこと言ってるんですか。殺害された女性の名前は、大倉多香美。三十二歳のフリーライターです。彼女のことは、先生もよく知っているはずですよね」

そう言うと、乙部は口ごもった。さらに佐久間が言葉を続ける。

「彼女はオカルト否定派の急先鋒だった。乙部先生の活動を批判した記事や著作が多数あります。聞くところによると、死の間際、彼女はあなたの欺瞞を暴く本を書いていたと言います。あなたは、彼女の存在を憎々しく思っていた。だから、自殺に見せかけて彼女を……」

観念したかのように、乙部が言う。

「ああ……確かに彼女のことはよく知っている。何度も意見を戦わせたこともある。だが、私が殺したのではない。私は、自分の霊能力が認められないという理由だけで、人を殺したりしない」

「いや、間違いなくあなたが殺したんだ。僕はどうしても、彼女の死の真相が知りたかった。多香美を殺した人間を突き止めて、懺悔してほしかった……。彼女に恨みを抱き、無残にもその命を奪い去る人間は先生……あなたしかいなかった。だからこうして、あなたを彼女が殺害された場所に連れてきた。洗いざらい罪を打ち明けてほしかったんです」

「君と大倉多香美とは、一体どんな関係だったんだ」

「僕たちは愛し合っていました。もうすぐ結婚する予定だったんです」

「……なるほど、そういうわけか」

「でもあなたは、懺悔するどころか、彼女の死の過程を、あたかも霊能力で知り得たかのように、詐術の手段として利用した。絶対に許せない。さあ今ここで、白状するんだ。イカサマ霊能者、乙部慈雲。お前が一ヶ月前、この場所で、自殺に見せかけて、大倉多香美を殺害したことを……」

血走った目で、乙部を見据える佐久間。落ち着いた声で、乙部は言う。

「どう思おうと君の自由だが、私は彼女を殺してはいないよ。もし私が殺したとしたら、なぜ、犯人しか知らない殺害の詳細を、君に教える必要がある？　犯人ならばそんなことはしないだろう。隠し通そうとするはずだ。私には見えたんだ。大倉多香美が殺される一部始終が。死後の世界は存在する。私には幽霊が見える。ただ、それだけだ」

「だったら証明してください。あなたの霊視は本物だって。幽霊は本当にいるんだって。

でも、それができなければ、あなたは大倉多香美を殺害したことを認めるしかないんです。お分かりですか。自分が今、どういう状況に置かれているのか」

　乙部は佐久間を見つめると、穏やかな声で言う。

「もちろんだ。だから、幽霊の実在を証明すればいいのだろう」

「そういうことです。それでは証明してください。幽霊の実在とやらを……」

「仕方ない。では君に、ある事実について教えることにしよう。これを知ると君も、霊の存在を認めざるを得ないと思うよ」

　嬉しそうに、乙部が笑う。

「ほう、面白い」

　佐久間の顔にも、不敵な笑みが浮かぶ。乙部は身を乗り出し、真剣な眼差しで彼を見据えた。

「その前に一つ、君に質問する。生きているとはどういうことだ？」

「いきなりなんですか」

「答えなさい。人間が生存しているとは、どういう状態のことを言う？」

「知りませんよ。わけ分からないこと言って、誤魔化さないでください」

「それでは質問を変えよう。君は、自分が生きていると思っているか？」

「なんですか？　これは禅問答ですか？」

「もう一度聞く。君は自分が、本当に生きていると思っているのか」

「あなたは、何を言っているんです」

「君は自分が生きていると思っているが、本当にそうなのか。よく考えてみろ」

「え？」

「忘れたのか？　さあよく思い出してみろ。ここに来る前に、君は殺されたことを
……」

「殺されたって誰に？」

「私だ。私が君を森の中で殺した」

その言葉を聞くと、一瞬で、佐久間の顔から血の気が引いた。さらに乙部が言う。

「どうやら、まだ自覚がないようだな。自分はもう死んでいることに……」

「何を言ってるんだ」

「ついて来い」

おもむろに、乙部はドアに向かって動き出した。

「自分の死体を見たら、納得するだろう」

歩きながら彼は言う。「もう自分はこの世の人間ではないことを。そして、幽霊は本当に実在するということを」

部屋を出て、二人は薄暗い廊下をロビーに向かって進んでいった。玄関を出ると、も

う外は暮れかけている。敷地内に散乱していた瓦礫の下に、この建物の看板のようなものがあった。入ってゆく時には気がつかなかった。泥で汚れていて、看板の文字は判読が難しかったが、『××支店』と表示されていることはかろうじて分かった。やはりこの建物は、何かの会社の支店だったのだ。

廃墟を後にして、乙部は暮れかかった森の道を歩み始めた。無言のまま、森の中の道を歩き続ける二人。一体どこに向かっているのだろう？　晴れていれば、夕焼けが美しい時刻ではあるが、この天気ではそれも期待できそうにない。しばらく歩き続けたところで、突然乙部の足が止まった。視線の先にある一角を指し示す。

「あそこだ……。君の死体を放置した場所だ」

薄暮の中、佐久間は目をこらした。乙部が指さした方向には、一本の大きな木が立っている。苛立(いらだ)ちまじりの声で佐久間が言う。

「いい加減にしろ。僕は死んでいない。この通り生きている」

「さあ、それはどうかな？　生きていると、自分で思い込んでいるだけだ。いいから、あの木のところに行ってみろ」

仕方なく、乙部が指さす場所へと向かう佐久間。鬱蒼と茂った樹木をかき分け、その場所にたどり着いた。

誰かがいる——

木の根元に、誰かが座っている。男のようだ。こちらには背を向けて……。だらんと首をうなだれ、微動だにしない。

「君の死体だ。顔を見てみろ」

背後から、乙部が言う。

「馬鹿な」

「いいから、見てみろ」

息をのんで、座り込んでいる男に近寄ってゆく佐久間。背後から回り込み、その顔を見た。唖然としたその口元から、思わず言葉が漏れる。

「これは……どういうことだ」

「さあ、これでわかっただろう。自分が死んだことを……。幽霊や死後の世界は、実在するということを」

「……馬鹿にするのもいい加減にしろ。これはどういうつもりなんだ」

佐久間が指さした、うなだれている男の顔――

それは泥で薄汚れたマネキンだった。

「君の死体だよ。よく見てみろ」

平然とした顔で、乙部が言う。

「頭がおかしいのか？　これはどう見てもマネキンだ。お前は何がしたい」

　佐久間は顔を真っ赤にして激高している。

「まあいい。これであんたの霊能力とやらは、とんだ茶番であることが証明された。多香美を殺したのはやっぱりあんたなんだ。さあ、今ここで多香美を殺害したことを自白して、懺悔しろ。彼女を拉致して睡眠薬を飲ませ、生きたままロープで吊って殺したことを」

「ん？　ちょっと待った。今君はなんて言った」

「何が？」

「睡眠薬と言ったな。それは何だ？」

「だから、あんたが多香美を眠らせるために使ったって……」

「私は睡眠薬を使ったなんて、一言も言ってないはずだが」

「え？」

　佐久間は思わず口ごもった。

「それに、さっきからずっと気になっていたことがある。首吊りに使ったロープの色。遺体が吊るされていた場所。そして、大倉多香美は自殺ではなく、殺害されたという事実。確かにそれらは、警察以外は知らないことなのだろう。でも、だったらなぜ、君もそれらのことを知っているんだ？　私が霊視で言ったことを、全て当たっていると、なぜ君が正解を出すことができる？　警察しか知らないはずなのに……。私よりも、君の方が事件のことに詳しいようだが」

「それは……僕が彼女の婚約者だからだ。肉親のようなものだ。だから、警察からも情報を得ることが出来た」

「本当にそうなのか？」

射るような目で、乙部が見る。

「実はここに来る前に、君のことを調べさせてもらった。君と大倉多香美が恋人同士というのは大嘘だな。君は彼女につきまとい、ストーカー行為を繰り返していたそうじゃないか。大倉多香美殺害容疑の重要参考人に、警察が捜査情報を簡単に話すとは思えないが……」

「何を言っている。僕はストーカーじゃない。多香美と愛し合ってた……」

「じゃあなぜ、首吊りに使ったロープの色が黒だと分かったんだ。そして、睡眠薬が使用されたことや、殺害の場所さえも……。もし君が犯人じゃないとしたら、考えられることは一つしかない」

乙部は一旦言葉を切ると、佐久間を見据えて言う。

「君にも霊能力があるということだ」

答えられず、佐久間は口を閉ざした。彼は完全に動揺している。さらに乙部は言う。

「大倉多香美は、君の愛を受け入れてはくれなかった。彼女に対する君の愛は、いつしか激しい怒りへと変わり、挙げ句の果てに彼女を殺害したんだ。あの部屋に入った瞬間に、私にはその光景が全部見えたんだよ。拉致した彼女をあの部屋に連れ込む君の姿が。黒いロープを使って、君が彼女を吊り上げるところが」

「違う。でたらめを言うな」

「君は、自分が警察に疑われていることを知っていた。だから、彼女と対立関係にある私に接触して、取材と称してここに連れてきたんだ。私を犯人に仕立て上げるために」

「違う。僕じゃない。お前が犯人だ。お前が多香美を殺したんだ」

するとと、突然乙部が激高する。

「いい加減にしろ」

その迫力に、佐久間が一瞬ひるんだ。

「言っただろ。私には全部見えていると……。今も君の後ろにいるよ。君が殺した大倉多香美の霊が……。この森に入ってから、彼女はずっと、私たちについてきていた。そして、恨みを込めた目で、じっと君を見ている」

佐久間の顔が凍り付いた。恐る恐る、背後の闇を振り返る。

そして、絶叫とともに、その場に崩れ落ちた。

「殺すつもりはなかったんだ。ただ、あの女が激しく抵抗するから……。僕の愛を、受け入れてくれなかったから……だから……薬を飲まして……」

「やっと自白してくれたな……」

そう言うと乙部は、ポケットからICレコーダーを取り出した。

「これまでの会話は全部録音させてもらったよ。少し手こずったが、なんとか君が大倉多香美を殺害したという証言を得ることが出来た」

地面に伏していた佐久間が、乙部を睨みつける。

「じゃあ取材を受けたのは、僕を自白させることが目的だったのか？」

「ああ、そうだ。おかげさまでうまくいったよ。この録音させてもらった君の自白を世に出し、私の霊能力で解決した事件だと喧伝する。また、私の株が上がるよ」

そう言うと、乙部がほくそ笑んだ。ICレコーダーの録音ボタンをオフにすると、さらに言葉を続ける。

「そうだ……。もう一つだけ、いいことを教えてあげよう。私は先ほど捜査情報を漏らす警察なんかいないと言ったが、実はそんなことはない。彼らも人間だ。金を積めば、何とでもなる」

「どういうことだ？」

「だから、全部君の言うとおりなんだよ。私が事件の詳細を知り得たのは、『事前取材』の賜でしかないんだ。君は何一つ間違ってなんかいない。この世には、幽霊なんかいないんだ。霊能力も、死後の世界も存在しない」

乙部の肩が、小刻みに揺れ出した。笑いが堪えきれないようだ。

佐久間の顔に、怒りがこみ上げてくる。歯をむき出しにして、嘲笑を続ける乙部。彼をじっと見据えながら、佐久間が言う。

「残念ながら、あんたの思うようにはならない。僕が多香美を殺したのを知っているのは、今のところ僕とあんただけだ」

「なんだと」

「あんたがいなくなれば、全てうまくいく」

殺意を込めた目で、佐久間が飛びかかった。と同時に、トートバッグの中に手を伸ばし、隠し持っていたロープを乙部の首に素早く巻き付ける。

「最後の詰めが甘かったようだな。あんたには、多香美を殺した殺人犯として死んでもらう。良心の呵責に耐えかねて、自殺した霊能者として」

ロープを握りしめた両手に、満身の力を込める佐久間。激しく抵抗する乙部。だが、彼の太い首に巻き付いたロープは、どんどんと喉元に食い込んでゆく。

「う……ぐ……」

乙部の顔に浮かび上がる苦悶の表情。口元から流れ出た鮮血が、白い髭を赤く染めた。ロープをつかんだ佐久間の両手に、さらに力が入る。断末魔の悲鳴とともに、乙部がその場に倒れ込んだ。

息も絶え絶えのまま、その場に立ちすくんでいる佐久間。なんとか荒い呼吸を整えると、土の上に伏せている乙部の前に座り込んだ。彼の呼吸が停止していることを確認している。

「……よし」

と小さく呟くと、乙部の死体が握りしめているＩＣレコーダーを奪い取った。慌てて操作して、中のデータを消去している。消去が終わると、自分のズボンのポケットに入れた。

安堵の表情を浮かべる佐久間。額に浮かび上がった汗を手の甲で拭くと、暗がりの中、頭上を見上げた。どの木の枝に乙部を吊そうか？　思案しているのだろう。

いつの間にか、辺りは夜の帳に包まれていた。深い闇に閉ざされた森の奥。鳥の鳴き声もほとんどなく、聞こえるのは風に揺れる木々のざわめきだけである。もうこれ以上、彼の非道を許すわけには行かない。

私は、佐久間の背中をじっと睨みつけた。

今日、彼がこの森にやってきてから、ずっとそうしていたように。

佐久間への憎悪が、どんどんと増幅してくる。私の人生を奪い去った男。私を殺した憎い男……。絶対に許すわけにはいかない。ゆっくりと彼の背後に忍び寄ってゆく。

一歩、二歩、三歩……。

気配に振り返ると、佐久間は私の姿を見る。彼の形相が醜く歪んだ。恐怖で逆巻く髪。絶叫とともに走り出した。でも、決して逃すわけには行かない。

足を取られ、男は地面に倒れ込んだ。彼を追い詰める、呪いと怨念の波動。頭を抱え、土の上でのたうち回っている。

苦しめ、苦しめ、苦しめ。

生きたまま、首を吊られた私のように……。

苦しめ、苦しめ、苦しめ。

ずっと待っていたのだ。この時を……。

佐久間の網膜に映る、もはや人間ではない私の顔。全身が恐怖で支配された瞬間——

彼の悲鳴が、深い森の中に木霊する。


以上が、森の廃墟で起きた事件の真相を記録したものである。どのようにして書かれたのかは、ご想像にお任せする。ただし、これらは事件の顚末を詳細に記録したものであることに疑いの余地はない。ICレコーダーの音声も消され、当事者二人は死亡しているが、彼らの会話を正確に記述することができたのは、私がずっと二人の会話を聞いていたからにほかならないからだ。
よって、ここに霊の存在が実証されたとする。

初出一覧

恩田陸「球根」　「小説新潮」二〇一五年一一月号（単行本『歩道橋シネマ』に収録）
阿部智里「穴のはなし」　「小説新潮」二〇一三年八月号
宇佐美まこと「半身」　「小説新潮」二〇二〇年八月号
彩藤アザミ「長い雨宿り」　「小説新潮」二〇一八年八月号
澤村伊智「涸れ井戸の声」　「小説新潮」二〇一八年八月号（「枯れ井戸の声」として）
清水朔「たからのやま」　「小説新潮」二〇一九年八月号
あさのあつこ「赤剝け兎」　「小説新潮」二〇一五年八月号
長江俊和「例の支店」　「小説新潮」二〇一八年八月号

安部公房著

他人の顔

ケロイド瘢痕を隠し、妻の愛を取り戻すために他人の顔をプラスチックの仮面に仕立てた男。——人間存在の不安を追究した異色長編。

安部公房著

壁

戦後文学賞・芥川賞受賞

突然、自分の名前を紛失した男。以来彼は他人との接触に支障を来し、人形やラクダに奇妙な友情を抱く。独特の寓意にみちた野心作。

安部公房著

R62号の発明・鉛の卵

生きたまま自分の《死体》を売ってロボットにされた技師の人間への復讐を描く「R62号の発明」など、思想的冒険にみちた作品12編。

安部公房著

笑う月

思考の飛躍は、夢の周辺で行われる。快くも恐怖に満ちた夢を生け捕りにし、安部文学成立の秘密を垣間見せる夢のスナップ17編。

安部公房著

方舟さくら丸

地下採石場跡の洞窟に、核シェルターの設備を造り上げた〈ぼく〉。核時代の方舟に乗れる者は、誰と誰なのか？　現代文学の金字塔。

安部公房著

砂の女

読売文学賞受賞

砂穴の底に埋もれていく一軒屋に故なく閉じ込められ、あらゆる方法で脱出を試みる男を描き、世界20数カ国語に翻訳紹介された名作。

川端康成著
雪国
ノーベル文学賞受賞

雪に埋もれた温泉町で、芸者駒子と出会った島村――ひとりの男の透徹した意識に映し出される女の美しさを、抒情豊かに描く名作。

川端康成著
伊豆の踊子

伊豆の旅に出た旧制高校生の私は、途中で会った旅芸人一座の清純な踊子に孤独な心を温かく解きほぐされる――表題作等4編。

川端康成著
愛する人達

円熟期の著者が、人生に対する限りない愛情をもって筆をとった名作集。秘かに愛を育てる娘ごころを描く「母の初恋」など9編を収録。

川端康成著
掌の小説

優れた抒情性と鋭く研ぎすまされた感覚で、独自な作風を形成した著者が、四十余年にわたって書き続けた「掌の小説」122編を収録。

川端康成著
みずうみ

教え子と恋愛事件を引き起こして学校を追われた元教師の、女性に対する暗い情念を描き出し、幽艶な非現実の世界を展開する異色作。

川端康成著
古都

捨子という出生の秘密に悩む京の商家の一人娘千重子は、北山杉の村で瓜二つの苗子を知る。ふたご姉妹のゆらめく愛のさざ波を描く。

夏目漱石著
吾輩は猫である

明治の俗物紳士たちの語る珍談・奇譚、小事件の数かずを、迷いこんで飼われている猫の眼から風刺的に描いた漱石最初の長編小説。

夏目漱石著
坊っちゃん

四国の中学に数学教師として赴任した直情径行の青年が巻きおこす珍騒動。ユーモアと人情の機微にあふれ、広範な愛読者をもつ傑作。

夏目漱石著
三四郎

熊本から東京の大学に入学した三四郎は、心を寄せる都会育ちの女性美禰子の態度に翻弄されてしまう。青春の不安や戸惑いを描く。

夏目漱石著
門

親友を裏切り、彼の妻であった御米と結ばれた宗助は、その罪意識に苦しみ宗教の門を叩くが……。「三四郎」「それから」に続く三部作。

夏目漱石著
草枕

智に働けば角が立つ——思索にかられつつ山路を登りつめた青年画家の前に現われる謎の美女。絢爛たる文章で綴る漱石初期の名作。

夏目漱石著
こころ

親友を裏切って恋人を得たが、親友が自殺したために罪悪感に苦しみ、みずからも死を選ぶ、孤独な明治の知識人の内面を抉る秀作。

三島由紀夫著
仮面の告白

女を愛することのできない青年が、幼年時代からの自己の宿命を凝視しつつ述べる告白体小説。三島文学の出発点をなす代表的名作。

三島由紀夫著
花ざかりの森・憂国

十六歳の時の処女作「花ざかりの森」以来、巧みな手法と完成されたスタイルを駆使して、確固たる世界を築いてきた著者の自選短編集。

三島由紀夫著
愛の渇き

郊外の隔絶された屋敷に舅と同居する未亡人悦子。夜ごと舅の愛撫を受けながらも、園丁の若い男に惹かれる彼女が求める幸福とは？

三島由紀夫著
禁色

女を愛することの出来ない同性愛者の美青年を操ることによって、かつて自分を拒んだ女達に復讐を試みる老作家の悲惨な最期。

三島由紀夫著
金閣寺
読売文学賞受賞

どもりの悩み、身も心も奪われた金閣の美しさ――昭和25年の金閣寺焼失に材をとり、放火犯である若い学僧の破滅に至る過程を抉る。

三島由紀夫著
潮騒（しおさい）
新潮社文学賞受賞

明るい太陽と磯の香りに満ちた小島を舞台に海神の恩寵あつい若くたくましい漁夫と、美しい乙女が奏でる清純で官能的な恋の牧歌。

デザイン　鈴木久美

あなたの後ろにいるだれか

眠れぬ夜の八つの物語

新潮文庫　し－21－105

令和三年八月一日発行

著者　恩田陸　阿部智里　宇佐美まこと　彩藤アザミ　澤村伊智　清水朔　あさのあつこ　長江俊和

発行者　佐藤隆信

発行所　株式会社新潮社

郵便番号　一六二―八七一一
東京都新宿区矢来町七一
電話　編集部(〇三)三二六六―五四四〇
　　　読者係(〇三)三二六六―五一一一
https://www.shinchosha.co.jp

価格はカバーに表示してあります。

乱丁・落丁本は、ご面倒ですが小社読者係宛ご送付ください。送料小社負担にてお取替えいたします。

印刷・錦明印刷株式会社　製本・錦明印刷株式会社

ISBN978-4-10-180222-0　C0193